如愛一般的存在

王琄

目錄

059
母親是一個家的基礎
七〇年代的母親們，她們的陪伴是孩子的心靈雞湯。在慢時光的節奏中，孩子們可以像野生的植物不用急著長大，不用忙著成爲什麼，有屬於自己的小宇宙。

071
選擇
這種「不要、不要」的個性養成，使得我在學習人生道路上，有著質疑的態度，臉上常保持著一種「是這樣嗎？我要自己試試才知道」，我才能決定要或不要。

082
不需要被完整
是什麼讓孩子厭世不再好奇了呢？是不是太多資訊，混亂了簡單？是不是渴望成就淹沒了看見個體差異？是不是密集關注少了獨處時間？是不是孩子成了大人的理想模子，可以灌注一個完美的自己，彌補未成的自己？

094

路，遙遠，不怕

從村子口走到家門口，從來沒有覺得路有這麼遙遠。呼吸與心跳都加速了，而腳步卻是極緩又慢。空氣是凝滯的，路上沒有行人、沒有鄰居，早上九點多，覺得村子像一座空城，好安靜、好詭異。

104

女孩，別哭！

原來，我無力承擔的深深恐懼就是「爸爸老了，而我還沒準備好。」他不再是可以一手把我抱起來的那個強大男子，而是行動緩慢，蒼蒼白髮需要親情陪伴的老爸爸了。

115

愛散步

已成大人的我們，也都經歷過「談戀愛是不是等於做愛」的這些矛盾、困惑，卻沒有正視戀愛是一種練習，需要在過程中，慢慢認識什麼樣的人是適合自己的，也認識自己是什麼樣的人。

126

印記

認識語言就是認識文化的開端，但打壓或閹割語言，背後的意識型態可能是沒自信及恐懼，亦或是驕傲。思維背後的想法，才是決定了我們如何對應這些詭譎多變外境的鏡子吧！

137

前衛女性

是不是六、七〇年代的人，包容不完美，接受孩子的差異性，也給孩子在成長中更多犯錯及冒險的空間呢？在資訊不發達的年代，孩子們還有機會保住自己的尊嚴，而且是整體社會一起保護，讓他們有修正自己的空間。

148

想我藝院同學們

「認清自己」的古怪，接受自己的古怪，發展自己的古怪，都使當初不被理解的孤獨感，似乎成了一種自在——反正沒人懂，也不用僞裝乖乖牌，自在。

158 風兒多可愛

學習是件有趣又漫長的路，也因為六、七〇年代的物質不豐盛，讓人面對自己的大把時光要消磨，所以無中生有創造了台灣錢淹腳目的八〇年代榮景嗎？

167 復古文藝腔

愛嗎？有共同願景嗎？沒共識而有性行為只是像上健身房做運動，彼此都是對方的健身器材，誰會對健身器材付出真心與愛？誰會與器材共創未來，除非它能生財。

178 在時間中「女神變老女人」？

年齡漸長，對於從事表演工作的我必須更加面對「我是誰」這個大哉問。無法以青春取勝，就向內朝聖吧，不想被外在價值取決，就充實自己吧，無法回到青春就接受自己吧！

187
醸香
時間可以讓人變老變無奈，像殺豬的刀一般。而時間也可以像釀酒，可以釀出一家人的情，釀出一屋子的歡樂。

197
或許
人生是矛盾的，在終於願意放下的時期，我卻要拾起，這不是中年叛逆找麻煩嗎？或許，那是我可以圈起全家童年的記憶，也可能想重建父母尚在的過年氣氛，更是渴望家人彼此不相忘的儀式。

207
眞是，令人討厭
面對角色的生命，演員是謙卑的。角色生命的長河，歷經了多少駭浪、驚濤，在劇本中被書寫出來的只有一小部分，只是「它」的某些人生，而演員是依照這些片段、地圖，走回「角色」內在最幽微的洞穴，一窺他最隱藏的欲望。

自序 點滴

「如愛一般的存在」是遇見我大學同學——湯宗勳，才有機會顯現出來。

散戲後的我，習慣散步一會，走著走著對面跑來一位中年男性打招呼，原來是中途落跑的大學同學，而今他已經轉戰出版業，成爲一位主編。我們交換了彼此的近況，就匆匆告別。他繼續以跑馬拉松之英姿跑著，而我依著原本看戲的心情，散步著。

一星期後便收到他的邀請電話——生命書寫。

書寫生命是什麼？

如果我是個沒什麼故事的人，我怎麼可以答應？

一切的一切就從一格一格的稿紙開始吧！我是如此告訴自己。

每每寫著寫著就寫到童年時光，父母的年輕身影，自己的幼稚模樣，家人們青春貌美的影像，一一浮現。每寫一篇，就在腦海中打開了放映機似的，一幕幕、一部部的人生電影，原來都被記錄在腦海中。那些原來以為沒有太多意義的人生碎片，細碎瑣事，都是我人生美麗的畫面，都是組成「我」這個人的歷史點滴。原來，所謂的「人生」是由看似不起眼的生活小日子，經營而成的。

我很愛「寫」，就寫吧！

我很感謝每一個組成自己的小點滴，因為我也是他人的小點滴。

好幾次書寫的過程，大量的情感記憶無預警的流入腦海，我整個人崩潰的到處找衛生紙處理那滴滴答答，停不著的眼淚、鼻涕。有時又是笑著想說，自己像神經病，好在書寫過程是隱私的，不然真糗。

「生命書寫」的過程，像是內在外在都被翻攪了三次般，情緒三溫暖到好幾次想打電話告訴我同學，可不可以不要寫了。也好多次問責編，這個寫出來有意思嗎？會有人看嗎？

謝謝責編給我好多鼓勵，於是我又可以繼續爬格子（眞老派吧）。眞實而誠懇的看入自己生命的細縫，發現好多的魔鬼。

年輕時，會害怕、會逃避，不理解、不接受的自己，在每一個書寫自己生命的過程，發現失落的一塊又一塊的拼圖碎片，一塊塊地放回了原本的位置，如是，我得以看清自己的生活樣貌——啊！原來我一直被愛著。愛不曾遠離，只是化成了呼吸、轉成了行動，成爲現在「我」的樣貌，得以繼續。

「生命，眞有趣。」

推薦序

愛無所不在

曾寶儀

　　琄姐的新書《如愛一般的存在》像是一把鑰匙，在閱讀的過程中，除了陪他再重溫一次她生命中愛的故事外，那些文字也逐漸打開了我心裡裝著回憶的那個盒子，流出來的，除了滿滿的畫面，還有那些畫面伴隨的感動與愛。

　　我是我爺爺奶奶帶大的，在我三歲的時候就跟我妹陪著兩位老人家從香港來到台灣開始新生活。也因為這樣，現在的我生活裡也充滿著老派思想（說尊重傳統會不會好聽一點？）

見到長輩一定要叫人，吃飯時長輩沒起筷再餓也得忍，用筷子夾菜時手心一定要朝內不能朝外要不然很難看，除非是生日或是長輩夾給你要不然不能挑盤子裡最精華的部位（比方說雞腿或是魚的腮幫子），在外面用餐不管是誰請的客再熟也要說聲謝謝，早上要說早安，晚上睡前要說晚安，過年或長輩生日得下跪斟茶說吉祥話，除夕得熬過十二點為長輩守歲增壽，大年初一凌晨得去廟裡上香給神明拜年也祈求今年的好運，正月不剪頭髮不買鞋子（鞋的廣東話與唉諧音，大過年買鞋一年都唉唉叫），落落長的習慣啊！彷彿這些一點一滴形塑著我們之所以為我們，也讓我們身上除了保有家族的 DNA 外，能用這些約定成俗的習慣證明我們是一家人。

如同琄姐的回憶一樣，我的回憶裡也充滿著美食的味蕾記憶，爺爺奶奶是廣東人，港式飲茶的茶樓是我小時候的遊樂場，從幼稚園開始，中午放學後就會被他們接去茶樓打牙祭，那時候茶樓伙計還是用推車把蒸籠推出來的，蝦餃、燒賣、叉燒包、排骨、牛肉丸、春捲、煎堆、腸粉，這種吃法也讓我在吃飯時總是喜歡少量且選擇多的變化。而那個時候的廣式茶樓也是移民到台灣的香港人聚會的地方，連經理領班伙記都會說廣東話，到了那常常會有回到香港的錯覺，而老鄉們也都把中午聚餐當成是同鄉會活動，總有說不完的想當年。年紀小小的我怎麼坐得住，總是很快把點心吃完就跟弟弟妹妹還有鄰桌小孩跑去大廳玩。大人們總是聊到茶樓下午休息時間到了，才依依不捨說再見，明天中午老地方再聊，每個禮拜都上演同樣的情節。而轉眼間，現在我也到了去飲茶時，外甥與外甥女們迫不急待把飯吃完好一起玩玩具，而我與已漸步入中年的弟弟妹妹們坐著分享生活也想當年，Deja Vu啊！人類就是這樣把生活習慣一代傳一代地形成聚落、形成家庭，像指紋一樣地辨認出彼此，分享著同一種生活方式與回憶。

這本書也打開了失去至親的傷痛與不捨，失去這個世界上第一個給我無條件的愛的人，那份悲傷也成爲我用另一種方法探索自己、探索世界的動力，以至於一次在書上讀到「每個死亡的都是給生者的一份禮物，關鍵在於你有沒有認出它來」時，深深感謝我爺爺在他活著的時候，給了我無私的愛與支持，他離開後還不斷地用他留在我身上的愛，成爲我前進的力量，讓我能更愛自己，更愛這個世界地走到今天。「連他的份一起活著！」我是眞的這樣想的，當我用他教會我面對這個世界的方式生活著，當我想念他在心裡輕聲與他說話時，彷彿他還在我每一天的生命裡支持著我，給我打氣。

每一個用愛灌注而成的回憶與習慣都是愛，當自覺或無意識地重複這些行爲時也重複了愛。

愛無所不在。

推薦序

還有那些村子

鄧九雲

好像沒有事難得倒她，於是一不小心，就忘記琄姐也曾當過一個小女兒／孩。

她穿著媽媽親手縫製的水手服，帶著弟弟當老大，乖乖跟在姐姐屁股後面偷學大人打痲將。琄姐寫故事時，會說我們「村子」。我總忍不住把目光停在這兩個字上，小小唸出聲音——村子。我的父母也是在眷村長大的，從小就聽他們說著村子裡的大小事（還有和村子外的村子一天到晚打架）。那是敦親睦鄰藏不住祕密的時代，一起與「村子」這個詞彙，慢慢從台灣淡去了。

原來琄姐的爸媽跟我爺爺一樣，都從江西過來的。記得中學時期，教官看著我的資料，露出少見柔軟的聲音念著我的祖籍（現在學生資料不知道還要不要填這個）：「江西南昌，呦妳跟我同鄉呢！」我立刻睜大眼睛裝出驚訝又開心地回應：「眞的啊！呵呵。」但其實連江西在哪裡，都得在心裡默念地圖才能確認。大學時，每學期都被爺爺帶去江西同鄉會領獎學金，心情總是一點莫名（我也是同鄉會員嗎？）卻十分暗爽（不管了零用錢加碼眞好）。後來因爲舞台劇的關係，開始去內地巡演了幾年，對「同鄉」這概念的感覺才眞正複雜起來。我爺爺奶奶外公外婆分別來自江西、四川、湖北、東北，這些地方的故事我都聽過一些，當我到了大陸，那些來自當地的小夥伴一聽見我的背景，眼睛立刻飛出許多小愛心，甚至情不自禁牽起我的手想跟我擁抱（why?）。更別說那些跟大人重新聯絡上的遠親們，全都想把我拐回家吃飯。我抱著得回台灣給個交代的心態去赴約，他們的盛情有時薰得我頭昏眼花，最後都抱著一堆禮物落荒而逃。回到飯店卻又因自己的不領情，內在產生一股歉疚感。他們見到我的感動，能理解卻無法同感，總覺得中間遺落了一些不太可能找得回來的東西。我回去跟爸媽說，以後去大陸不要叫我去找那個誰的什麼阿姨叔公大伯了。當然立刻被指責了一番，他們說，血濃於水，這點道理都不懂嗎？

確實很長一段時間，我對家族的情感是薄弱的。我把血緣視爲一種宿命，與死亡一樣是無法選擇的，因此十分抽離。我深信人與人之間在時間培養下，能聚合出純度更高的情感，甚至可以超越血緣。我和琄姐不一樣，生長在典型的四口小家庭，沒住過眷村，對於所謂的根源，都是聽來的。自己的故事倒是全都發生在台北這塊小盆地裡，七年級台北小孩的懷舊感似乎也僅止於沒有手機的年代。到後來，我甚至對那些從小聽到大卻完全不認識的地方故事開始無感。赫然發現，很少再聽見「村子」兩個字了。

直到去年，我參與了一次「家族排列」工作坊後，才眞正了解血緣對一個人的影響有多大。家族排列是由德國心靈大師伯特・海寧格所發展出來的一種心靈治療方法。透過理解家族裡深藏在潛意識的動力，進而把動力帶到意識層，同時尋找途徑調整被干擾或受阻礙的家族系統，將自己重置在屬於自己的人生位置。過程中我找到我的家族中，有一位一直被忽略的大外婆（外公跟國民政府來台前的太太），因爲戰亂的關係，從此沒能再相見。即使後來兩岸開放探親，媽媽也沒能與同父異母的兄弟姐妹重新聯繫上，這似乎是媽媽心裡一個很深的遺憾，我在很小的時候隱約記得這件事，後來幾乎沒有人再談起過。我從小就非常沒有安全感，總是幻想會被綁架然後沒有人願意把我贖回去。本來以爲是保姆帶大的關係，但講師說，某種程度我似乎是走入了大外婆的「位置」，承接了那份遺棄感。

這提醒也暗示了我與外婆和母親的關係質地裡，總少不了一股摩擦。講師說，人類追溯起來都源自同一根源，所以在集體潛意識，我們能感知到彼此。而血緣越親影響越大，即使根本從未見過對方，深藏在血液裡的動能依然拽著我們。或許就是這種神奇的力量，把根源靠近的我與琄姐，輕輕拉在一起，一轉眼也十年了。

其實我們從沒有一起待過同一個劇組。琄姐沒有演過我的媽媽，卻是我不折不扣的大姐。我從來沒有當過他的學生，她卻是我永遠隨問隨答的表演導師。每次我們見面，「聊癒」的過程都是非常深刻的，從表演談到人生，還不時穿插一些超異能事件分享，卻從沒聽過她說村子的事。謝謝她寫下了這些故事，讓我明白人立體的形象，絕不能少掉邊邊角角的陰影面。如果說她是「如愛一樣的存在」在我身邊，這份愛的確如同「日常氧氣」，不只是內在心理的恆溫作用，更多是來自「理解」。她總愛說：表演是從了解自己接受自己開始。這份氧氣，她是從小「養」起的，來自與家人之間的相互愛惜與包容，轉化成一份對「他者」本質的尊重與理解。

她擁有屬於那個時代的純粹童年與青春，生命之流越走越清澈，總能一眼看清水裡還承載了哪些東西。有的是需要清理的小垃圾，有的是等著被撈起的小生物，她看得很清楚，但不見得會說，時候到了才會伸手，她接住過許多墜落的人。

這大概就是琄姐身上「老派」的溫柔，是從消失的四分之三閣樓帶出來的寶物。她總是想辦法把自己安定好，像純氧，易燃燒，卻內建煞車（滅火）系統，絕不會輕易耗盡自己。闔上書本，我也開始懷念起爸媽口中村子的故事，以及那些不熟卻疼惜著我的遠方親戚們。

我們何其幸運生處在這個傳統與現代交織的有氧細縫！

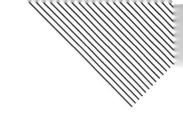

最近特別想念您

您好嗎？不見二十二年了吧！我從小女兒都成了老女兒了。

前一陣子清明節，沒能準時與家人們去掃墓，錯過了大家一起的行程，只能單獨去，偌大的墓園乾乾淨淨的，也安安靜靜的。

坐在墓園的樹蔭下，微風徐徐，陽光閃閃，樹葉沙沙作響，好想可以坐一輩子。

我已經來到了您半夜睡不著的年紀。

想到國中時期的某些夜晚，您無法入睡，就將我與老弟（他那時國小）弄醒，我們姐弟倆睡眼惺忪的坐在床上，傻傻地望著一夜的黑，不明白爲何被吵醒時，而您已經倒頭再睡去。

四分之三閣樓是我們每天最靠近的所在，也是我最期盼的時刻，只有那個時刻才能完全地擁有全部的您，放下全部的家事，煩惱的您（我現在才明白，您那時的煩惱是多麼的龐雜），就算您打呼聲響徹雲霄，對我而言卻是安眠曲。

四分之三閣樓是您的巧思，在眷村的房子裡還可以另闢空間，爲五個孩子找到各自獨立的生活區域，哈利波特的九又四分之三月台可是晚了整整二十年。

每天晚上爬著將近九十度垂直的樓梯到達四分之三閣樓前，一定要刷洗完畢才能上樓，空間不大卻井然有致——有大床、有衣櫃（被鋸成兩節，不然太高），還有對外的一排小窗戶。床永遠是整理過的整齊。

現在的我才明白，那是一份對家、對孩子的全心全意，滿滿的愛。

在物質不充裕的一九七〇年代，您給的卻是滿滿對生活的創意、滿滿的愛。

墓園的傳教士來整理雜草及眾人留下的垃圾，打了聲招呼就走向苦路的階梯。這是一座聖方濟墓園，有著不同於傳統墓頭山的景象，沿路小徑有著彩繪大小石頭，錯落在道路兩旁。跟在傳教士旁的小黑，來回奔跑，像是在跟那些看不見的風、光影、溫度及氣味相認。偶爾仰天張望，偶爾低頭尋嗅，偶爾望向遠方。

「小黃」是我小時候，家中唯一養過的狗，那時的狗就是狗，看家、護衛的功能！家人給什麼，牠就吃什麼，當時被當成寵物吃狗糧、罐頭是有失狗格的年代。「小黃」很兇，卻很安靜，不太出門，也不太讓陌生人進門。我對「小黃」的記憶是幼稚園吧，每天放學回家，媽媽一定在路口等我，然後，與村子裡聊天等孩子放學的媽媽們一一報名。

「張媽媽好。」

「唉！好，小娟好乖。」

「李媽媽好。」

「好好好乖。」

此起彼落的好，乖聲落定後，媽媽牽著我的手走回家，才一開紗門，「小黃」警戒的低嗅聲讓小小的我退到媽媽身後，媽媽大聲制止「小黃」：「小黃，不可以喔。」牠才乖再度趴下成休眠狀態（或許，我長大一直沒有養狗都是因為「小黃」吧！）。有一天聽媽媽說，小黃被鄰居毒死了，我並沒有很傷心，因為我一直都沒有很喜歡牠。

我親愛的母親，我已經來到了您半夜睡不著將我打醒的年紀，想著您那時在想什麼？擔心什麼？身體的感受又是什麼？對於青春是否早已留在遙遠的臺灣黑水溝裡了呢？

我知道，您是追愛走天涯的。一九四九那一年，父親隨著部隊先到了基隆港。而您留下幼小的大兒子在家鄉陪伴爺爺奶奶，走了三天三夜的路到南昌（江西），趕上部隊最後一批上船的家眷群，輾轉換行的也到了基隆港，但碼頭人海茫茫，丈夫的身影何在？二十五歲的您害怕嗎？在度過黑水溝的漆黑夜晚，搖晃的船身是否如同母親的子宮，每一位眷屬都等待著被出生，面對不可預知的新人生呢？二十幾歲的您，青春的您，可曾想放棄追愛，可曾覺得該留在家鄉，擁抱兒子，陪伴長輩，引頸期盼遠行的丈夫回家就好了呢？顯然，您是個行動派，決定的事情就勇往直前，即使後悔也就認了，只要有命到哪裡都能活。您二十五歲的這份勇氣，是否有留在我的血液裡呢？

二十五歲的我參與了電影《牯嶺街少年殺人事件》，去日本參加東京影展。第一次出國，第一次參加世界影展，第一次脫隊去了上野美術館。

大隊人馬往東京迪士尼出發玩耍，而我卻獨自走向上野公園。那天陽光很美。我拿著飯店準備的地圖，前一天晚上已經將路線沙盤推演過數遍，如遇問題怎麼解決？最糟狀況就是叫車回飯店，所以，飯店名片一定要帶著，或者任何有飯店地點（漢字）的證明，只能多帶不能少。

我二十五歲的冒險與您的二十五歲，是無法放在同一個天平上，但，二十五歲的我是否血液裡滾動著您的冒險基因，企圖走一趟您的內在旅程，更加貼近您的心呢？您生我時已年屆四十，當我能聽懂時，您已六十五歲，已經是雲淡風輕，不再話當年了。我眞的錯過了太多的您，該如何找回失落的記憶碎片？該如何貼近您的生命呢？

坐在墓園的樹蔭下，享受著徐徐微風，想著四分之三閣樓何時消失的。高中吧！是我念高中時，大姐自主申請到戰地金門金沙國中教書。那是一個單打雙不打，有空飄傳單，需要躲空襲警報、躲防空洞的地方，是一個錢多一些，事多很多、離家很遠、思念很長，需要勇氣才能前往的地方。

魂魄歸何處

一九七九年的僑愛新村四一八號，拆掉了四分之三閣樓，也拆掉了我的密室，高中的生活很折磨，考不完的試，做不完的測驗，唯一的樂趣就是假日可以懶在家裡，跟在您後面，上菜市場，遇鄰人聊天或是找人到家裡打個小牌，幫您提七月半要燒給組先的福包，書寫燒去的地址、姓名、關係。這些事情都烙印在我心底和腦海，成爲每年與您的家鄉的連結。

現在的我，每年也還是會在七月半買福包，書寫地址、姓名、關係。而您的也在其中了。只是，地點是寫台灣大溪？還是江西修水？

落葉歸根吧！我選擇了您的出生地，讓您與外公外婆在分離了五十多年後，可以團圓。那我呢？我百年後的地址要寫台灣大溪嗎？還是江西修水？我不怕死，不怕孤老，只怕魂魄無法再遇見您呀！地址、關係、姓名必須輸入電腦，成爲家族的共同資訊。在日漸雲淡風輕的今日，這件事成爲我的必須。

小時候，您常常說我是孤佬鬼，那麼小的我，根本不明白「孤佬鬼」是什麼？現在發現，您是多麼的了解我呀！眞的，目前的我「單身、無子、獨居也沒有養寵物」，您眞是先知。

您是第一位最親近的人消失在我生命中。小時候放學回家，無論中午或黃昏，您的身影一定會在廚房出現，家裡的燈永遠都是亮的，而薑汁豆花、臭豆腐成了我記憶中的美味點心。黃昏時候，村子裡此起彼落的人聲、叫賣聲：山東大饅頭、豆花、臭豆腐、修理紗窗紗門、修補鐵鍋和炒菜鍋、叫小孩回家吃飯聲、找打牌中的媽媽回家做飯的、也有被叫到我們家吃飯的。那時候，孩子是大家的，每個大人都有自己照顧孩子的熱情，「愛」是一種日常的氛氣。或許，那時候沒有職業婦女的概念，而婦女的職業就是家庭主婦（聽說這是現代已婚婦女的第一名職業），因此，我們這一輩孩子的養成，是被專心陪伴長大的吧！包含了對人有一種信任、創造（與雞婆）。

您是大人口中的「老王」，一位女性被稱爲「老王」眞是很奇怪。而我們家則是門庭若市的歡迎大家來吃飯、打牌與調解家務糾紛的所在（長大後發現自己的性格中也有正義與雞婆）。那時候家裡的餐桌上、客廳裡，經常有對面的媽媽、隔壁阿姨的小孩來吃飯，客廳不時有鄰居媽媽來訴苦，內容肯定不記得，您爲了保障鄰居媽媽的隱私權，必定將我趕出去，終於明白了爲何現在我也經常是朋友們的聊傷好友。這是一種精神上與您母女相繫、緊密相連。原來，您不曾遠離呀！

高中的我不懂這個年紀的您。

而我現在正是您當時的年紀。

每天的體力大不如前，到了下午就昏昏欲睡，也正在面對轉老人的過程。自問這個時候的您，獨在家中，都想些什麼？除了家務之外，有人陪您說說心裡話嗎？當時三位女兒都已嫁人，唯一的兒子在中正預校，丈夫在宜蘭員山榮民醫院上班。高中的我，成了您生活的伴，可是那時的我，滿心滿眼都是功課，讀書讀得我頭昏眼花，哪有時間聽您說話。

現在，我只能在去墓園探望您時，默默地向您碎念最近發生的瑣事了。

異次元時空

小時候的暑假是異次元時空的浪漫。

民國六十三年的暑假，國小四年級，媽媽五十歲，爸爸五十一歲，我的暑假整日閒閒、無所事事，沒有補習（那時不流行），不用安親（媽媽及鄰居在家打打牌或聊天），也無須打工賺錢（沒有工可以打）。炎炎夏日、徐徐微風，一個人坐在後院的藤椅上發呆，望著天空，透過芒果樹的樹葉縫隙，看見陽光金閃閃的穿過葉片，送進我那欲張還閉的眼簾，結果就在藤椅上睡起了回籠覺。媽媽在客廳、廚房忙進忙出的聲音，鄰居小孩相招去打籃球的聲音，樹上知了吱吱吱的有一搭沒一搭的叫著，我整個人就包在這交響樂中，享受著時光流逝，沒人會打擾，也不會有人警告這樣浪費光陰，未來不會有競爭力。

除了放空、放鬆、放生的時光之外，還有比較積極的夏令營。分為兩個部分：要繳費與不繳費的。先來說說不用錢的活動，以前的大漢溪還沒有砂石車開採的年代，有水、有竹筏，對面山上有農村果樹，芒果、芭樂等等。村子裡的兄弟姐妹一家親，我大姐登高一呼，十二鄰、十三鄰的小蘿蔔頭便自動集合，十幾個小孩，男男女女、大大小小的分組編隊，往他人的果園出發。先要用竹筏越過大漢溪，每人都平安到達彼岸，才往下一站出發，因為人多，年齡層又分布廣，從幼稚園大班到國中都有，「安全」成為冒險旅程最重要的前提。故竹筏載重量有限制，於是就有人會在運輸失衡時跌入水中，大家就要想辦法救他上岸，好在大家都很平安。全身溼漉漉的小孩也勇敢的不哭不吵地繼續向下一站前進，可能因爲心中很相信大哥哥、大姐姐們一定可以好好照顧他，小勇士之姿於焉產生，任陽光肆意的照射在他濕透的衣褲、頭髮上，小臉蛋也逐漸紅暈了起來，大夥也邊走邊唱歌的走到了山腳下。沿路嬉鬧聲漸歇。大夥心中明白，進入果園偷摘水果的這種行徑，是需要冒著被農夫追捕的危險。

一夥小孩靜悄悄地進入果園，滿山坡都是結實纍纍的果子，大夥開心的又笑又叫的摘著，有人口袋放不夠（因爲左右口袋只能各一顆），就將上衣下擺塞進褲腰內，將長褲的褲腳打結綁緊，形成上下兩個大布袋（現在想想夏天穿長褲眞是有遠見呀），說時遲那時快，農夫聽見果園有一群瘋猴子正在大肆狂摘他辛苦的成果，抽出菜刀連吼帶叫的一路狂追我們，而我們反應迅速地連滾帶翻的以飛快的速度滑下山坡、逃出果園，有人身上的果子因翻滾而掉落背後，有人則拖鞋少一支冒險回頭去撿（因爲媽媽比農夫危險），甚至有人嚇哭了被年紀大的一把抱起往山下衝，沒有任何一個人可以單獨留下，這趟暑期活動才算成功。農夫的叫聲留在果園內，他只是保護他的產業，對我們並沒有要趕盡殺絕的恨意，嚇阻力量產生他就收手停止。如果是現在，肯定臉書肉搜、報警捉人。或許，農夫的心，如土地般溫柔敦厚。或許，只要不過分的摘取，園子裡本來就有一些是要留給大自然中的小動物，分享一下被老天爺照顧的恩情，不獨佔所有成果，看待我們這群在成長中，藉由小犯錯式冒險的小瘋孩們，就像大自然中的小動物般，動物可以來取食，小孩們似乎也就被包容了吧！

暑期夏令營

另一種暑期自辦夏令營，是大人們主辦的。

海邊是夏天一定要去的勝地。那時候，大人們似乎有默契似的，前前後後那幾年都在生孩子，所以，我們除了家中有血緣的兄弟姐妹外，還有村子裡沒有血緣的同伴好友，整個成長過程，哥哥、姐姐、弟弟、妹妹的數量是兩隻手數不完的（現在生的少之外，鄰居或是同學以兄弟姐妹相伴長大的，一隻手就數完了吧）。這趟海灘之旅一定要事前規劃，因爲是眷村，有軍用交通車，簡稱軍車。假日選定後，便與司機商量以微薄的油資當補貼，請他幫忙接送這趟旅程，司機也答應接受微薄油資當外快，若是現在肯定會被說成濫用公務車吧。人情味兒是一種情感黏著劑，少了各自散落、多則黏成一團。或許就是有著適當人情味的世界，讓人對世界還有信心還抱持希望吧！

決定好日子後，開始報名，以家爲單位，計算每戶幾口人參加，收費也是以戶爲單位（人口少的家庭就幫助孩子多的家庭，以互助爲前提的收費），出發前一天，媽媽們開始準備當天需要的食物：滷味、饅頭、土司、肉鬆、開水、酸梅湯、綠豆湯及冰棒等，每一家準備的食物都有自家的特色，有的一定要辣、有的一定要甜，各種口味都有，而且一定準備十人以上的份量，縱使只有三個人去。滿滿的食物根本是去海邊野餐的概念吧！雖然物質不豐盛，沒有便利超商，但是，每一項食物都是從家中廚房產出，有著媽媽的汗水與愛心。即便沒錢買泳衣，有T恤、背心、短褲就已足矣。反正海邊風大浪足，陽光又豔，再加上怎麼吃都不夠飽、不嫌多、似乎也不會胖的七、八〇年代。身材好、顏值尚未成爲主流審美觀的年代，腦袋裡、胸懷中放的還是力爭上游、爲國爭光的情懷，即使游泳圈是用補過破洞的大卡車內胎，都能展現出誰與爭鋒的海邊倩影。清早出發，趁著太陽未烈日當空時到達竹圍海水浴場，找到一個視野好又不曬的休憩區。視野好是方便大人可以看護在海邊玩到瘋的孩子們，不曬的陰涼區是因爲那時不流行塗防曬，流行曬過後脫一層皮（而現在在海洋中發現，防曬液中的成分會造成珊瑚及海藻的白化與死亡）。

是不是七、八〇年代少了現代化的自我意識過度發展，心中還有其他人、有大自然、有天、有地、有團體的概念，科技不發達，商業利益尚未出現，所以不會創造過度的消費者需求，不塗防曬也可以去海邊享受陽光為我們製造天然維生素D，不迷戀美白肌膚是唯一美的標準，天然的膚色才是健康美麗。在沒有意識到環保與否，卻已經自然執行，再利用所有能源、物質，甚至連家中廚房才是食安的源頭等等。這些老派行徑，在二十一世紀，反而成了最前衛、最令人羨慕的生活狀態。

而我，從精簡、自然、物盡其用的世代，走過用了就丟、壞了再買，沒有天長地久，只要曾經擁有的消費心態，到現在回歸田園、崇敬自然、尊重萬物，意識到消費的需求是被創造出來的，好似不追限量，沒有名牌等於下等人的心理暗示，文案當成文學，肉麻當性感、權力當武器的資訊追求，已經無法混淆經歷過這一次循環的我們，發現繞了一大圈之後，回歸現在，開始了「文藝復興」的浪潮。

現在，我也有機會爲青少年、兒童辦暑期夏令營。二十一世紀的孩子是很新的狀態，尚未餓，食物就已滿桌，不覺冷，長輩噓寒問暖頻繁到必須穿上衣物，他們才肯安靜。怕孩子冷、怕孩子曬、怕餓到、怕落後。幫孩子做作業，幫孩子揹書包，他們還沒遇到狀況，學習處理危機的機會就已經被解除。孩子常常處在無聊、不配合，反正有大人、父母、爺奶、公嬤可以出面擋山擋海的方式來照顧孩子，似乎一切都可以被處理，讓孩子乖乖長大，就可以一路平安順遂的成爲理想小孩。當夏令營出現長輩要跟去學習現場，一定被我請出教室。孩子不配合耍賴，我也一定不會阻止、勸說，讓孩子回歸孩子的本質——玩。而這種玩耍產生的興奮感，我深深的體驗過，它是我成長中最重要的學習動力。七、八〇年代，我在後院大樹下，就是坐著、看著，用感官享受著大自然給的交響樂，肆意忘我的吸吮著這豐盛的空氣，在沒有空污困擾，可以不做什麼也不會被罵（現在則是做很多一樣被罵），可以在放鬆中好好活著，好好呼吸。

當然，玩耍也是有危險的。記得我隔壁鄰居在國小五年級與我們玩騎馬打仗，男女要平均分隊友，兩隊要有男有女、有高有矮，有大個也有小隻一點的，因爲是騎馬打仗，必須要揹在背上，是一種親密的肢體接觸，有人開始發育了，有人則情竇初開般的羞澀了起來。原本大家都是同性別——小孩，現在則開始意識到長大後是男友有別了，男孩晚熟一些，女孩則早熟。我呢？偏女漢子系列，不太熟，所以尚未意識到男女授受不親的距離要保持著，只要玩得開心盡興，肯定殺得對手落荒投降。而玩耍的風險就是女孩從鄰居男孩的背上跌落、手骨折，因此結束了我們暑假的夜間遊戲。

然而夏天的夜晚，熱是必定的。戶外乘涼、聊天說地、話家常也是日常風景。當時電視節目沒有二十四小時，人們花很多時間在與鄰居交流，吐苦水或是找解決生活困境的支持，看著孩子們熱鬧滾滾的快樂奔跑著，似乎也看見未來是有光的，好像目前的壓力也都會成爲過去，不用太害怕。

我們對於戀愛的探索是緩慢的，似乎有內建煞車系統——發乎情止於禮。是浪漫的、有情書往返、有散步月光。但是這種轉變也改變了與鄰居兄弟的距離。夏夜戶外依然熱浪滾滾，但是，男孩們都不見蹤影了。女孩們似乎對玩耍意興闌珊，後來聽鄰居姐妹說，他哥哥一群人等，都上教會聽講道，順便把馬子。因爲天主堂來了好多原住民姑娘。聽的我心中直喊：見色忘友的臭男生（哎，我眞的是太晚熟呀）。而現在的青少年對於戀愛的渴望及好奇，可以從許多媒體資訊中獲得一窺究竟的滿足，但似乎少了談情說愛的浪漫，不知道對他們而言，光速時代，誰還選擇浪漫，那根本是浪費時間。七、八〇年代，玩耍不需花太多錢，有創意就足夠了，探索愛情，也不需花錢，有時間就夠了。

二十一世紀的玩耍，有錢就是全部：出國玩、每天滿滿的夏日行程活動，活像個大老闆或 CEO，課程要充實，價格不是問題，內容要超夯，拿出來才亮眼。小孩們在各個暑期夏令營營隊中送往迎來、疲於奔命的跑攤。

我想要舉辦一個「慢時光．不做事夏令營」，帶孩子們回到什麼都不用做也沒有罪惡感的學習狀態，不用交學習單，懶成一條蟲的課程設計，不知道有沒有人願意買單？這份對孩提時期全然享受當下的所有浪漫情懷，在二十一世紀的現代可否「文藝復興」一點人味、情味？放假就是在生命忙碌中找到一點呼吸空間，找回一些自處能力，陪伴自己是需要練習的能力，因爲，這份能力終究會讓我們在不論幾歲，有無條件，都能找到那份安然自處的輕安自得吧！

現在的我，仍然要過著二十一世紀的暑假，藉由營隊的蟲洞，將現代與過去有了穿越，把玩透透的本質上連結到無中生有的想像力，物盡其用的創造力等等，將暑假的主導權還給這原有的主人——孩子。

那一個，無人知曉的早晨

分手可能保持善意嗎？看著新聞跑馬燈的訊息，心裡這樣想著。可能嗎？

一九八九年，考上國立藝術學院（現在的台北藝術大學），興高采烈的去找男朋友，第一個要分享給他。剛開始他很開心我是大學生了，因爲聯考的年代再加上獨立招生，數百人才錄取三十人，但又問：「『戲劇系』是念什麼的？唱歌仔戲的嗎？還是演電視？」聽見「戲子」從他嘴裡蹦出來，我嚇了一大跳。

還記得他長得像俄國人，淨白的皮膚、髮色有些金黃。剛開始追求我時，會像幽靈一樣飄到我家廚房，站在窗外看著洗碗的我。當時我正處在一邊打工，準備再次聯考的狀態，因為太專注於手上的動作，完全沒注意到有個人一直在看著，直到我抬起頭來被嚇到，他才露出得意且惡作劇成功的笑容。

一九八七年左右，我們談戀愛是在很慢的速度中進行著。散步竹林、小花園等，可以一同行走及掩蔽一時情感衝動，像是需要抱抱對方及親吻的時候，然後再帶著幸福的愉悅感，繼續散步月光下，繼續說著話。大庭廣眾下散步是必要的，被鄰人看見肯定會有耳語，同儕會說「談戀愛了」，長輩則會主動呼喚我們的名字，讓我們知道，他們曉得了。

在考上大學後，有天散步到籃球場，他告訴我，他姐姐曾經要他離開我，因爲我只是個高中生。政大、台大是他家兄姐就讀的學校，而他也是專科學校。「好在你考上了大學，不然他們會一直唸。」他說。

在我失學的第一年，有位高中同學考上逢甲，喜歡我的行動則是在當兵期間保持著書信往返，直到開學後，信件少了，內容也變成大學生的日常分享，而我當時是無法理解原因的，信箱也在他開學後兩個月就空了。大學生活眞的很不同於高中，選擇多，相對也要對選擇負起責任。如同眞的很忙碌的戲劇系，一切都好新鮮。當時的藝術學院關渡校地尙在整理，教室就四散在位於辛亥路台北國際青年中心、基隆路的國立台灣工業技術學院（現爲台灣科技大學），以及基隆路墓地附近的台大男生第八宿舍，整個戲劇系像是遊樂體驗場。也因爲位在台北市，與男朋友有較多時間可以見面、散步聊天。新學期開始，整個學院搬到蘆洲空中大學的電算中心，因爲關渡校地還在整治。那是捷運尚未開通的鄉下小鎭，也是未開發的生猛之地，夜間有許多活動，辦桌可以看到脫衣舞秀的地方。

然而，對於戀情，總是充滿了危機四伏的不確定性。每天中午一定會與男朋友通上電話，使用公用電話打給對方的時間多半是午餐前，飢腸轆轆的心魂早已飄飛到學校餐廳排隊去，我這兒嗯嗯嗯，他那兒說什麼也不記得，當下只想快快掛上電話，滿足五臟廟才好。那時，打電話時總有個同班男生會陪著我，等著一同信步走向餐廳。或許，「散步」就是我對戀愛的訊號吧！

以愛制暴

春節的三月天開始溢發溫暖的氣候。有天，男朋友約我去散步，早晨散步是少有的經驗，再加上皮外套著身，我嗅出了一點不尋常的味道。鄉下的第一期稻作已經插秧，苗也長高了，石門水庫發電的水成了大溝渠可以灌溉良田的水，太陽才上升一些些，有風徐徐，我們找個蔭涼的休憩處坐下，沿路上倆人是一路無語的安靜，深怕打擾了尚未甦醒的小徑。

然而，那個早晨，我沒有選擇以暴制暴，而是以愛制暴。

他從皮外套拿出的不是戒指，而是刀，向我逼婚。當下除了害怕也不斷告訴自己要冷靜，農夫走過時，他收斂起兇狠的臉。我也不知道哪來的勇氣及信心，建議他不要在戶外。邊走離鄉間小路，往上爬行的過程中，並不斷的說著曾經美好的記憶，過往陪伴散步的心情點滴，刀子被我一把拿走丟到遠遠的大溝渠中，但這個舉動似乎激怒了他，他突然捉住我的手臂加速往賓館前進。假日的早晨，走過的人並不多，馬路上的人車也顯得清閒悠哉。賓館到了，當時想著既然沒有逃開，就面對吧！兩人走進去，在一個無人知曉的清晨。「來吧！」他說。我心想：「來什麼？」他繼續說：「要分手可以，但必須和我上過床。不然交往那麼久都沒有發生性關係，沒有辦法向那群兄弟交代。」此時，我腦袋中除了大笑，覺得荒謬之外，眞不知道男性的自尊怎麼會建立在有沒有發生關係這個點上。沒有上過賓館的兩人彼此都很尷尬，該從何開始呢？他建議先去洗澡，好像電影都是這樣開始的，我一個人在廁所想了又想，該怎麼平安離開，什麼對我而言是最重要的？（現在回想，二十一歲的我眞的好冷靜。）既然我們的關係是從聊天開始的，那我就開始聊以前的相處時光，充滿照顧、彼此支持的畫面，我看著他那雙長且泛著淡色金光的睫毛說著。突然，房間的電話響起，詢問時間到了還要不要加時間，他火氣很大的回：「當然要加。」就把電話掛了。因爲電話的打擾，也中斷了他的行爲。接著是他說話：「你走吧！但要小心，我已經找我兄弟要去學校堵你們。」

我並沒有立刻離開，或許是對他的了解，也或許是對他的感情。「我走，一起走，我不要你一個留在這裡，不要你爸媽擔心你。」整個過程折騰很久，近十個小時的約會強暴未遂事件。最後，終於在彼此都很平靜的心情下，我們緩緩的步出賓館。服務員用一種「體力不錯」的眼神瞄了他一眼，他沒有任何回應。下午三點多的馬路，車子多、天氣熱了，太陽也煦煦的照著。衣服上的泥是早晨在稻田邊的小草地上被撲倒時沾到的，已經乾了呈現灰白色。母親問我一大早去那兒，怎麼現在才回來？我竟然選擇保護他，並沒有告訴母親剛剛發生的所有過程，只回答：「到同學家。」然後就進到浴室整理清潔自己。

此時，身體才不可抑制的抖動，全身發抖，無法停止的眼淚一顆顆的滴落，回到家安全了，才敢釋放前十個小時所經歷的恐懼。坐在浴室的我，像被點穴一般，腦中不斷閃出前幾個小時發生的種種畫面，原來當時的我曾與死神同行啊。好慶幸現在自己可以坐在書桌前整理三十五年前的殘影碎片。

「我當時一定是做對了一些事情吧！」看著電視畫面報導的情殺事

件，心裡想著。「但，是什麼呢？冷靜嗎？只有冷靜會不會讓對方感覺無情？還是動之以情的話語？但對方有可能誤解彼此還有愛情，更不願分手？」

十多年前，父親還在世時，回家陪伴父親，我總會在村子口附近張望許久，看看他的身影是否在某個地方，以避開與他相遇的機會，但偶爾還是會失敗。那份恐懼，細胞會記住的。有如動物本能般的想逃走，即使遇到了，會禮貌性的點了頭打招呼後，就快速奔離現場，但背影應該很狼狽吧。那天回家才一進門，父親還沒等我放下包包脫好鞋就說：「他走了。」「誰？」我問。原來村子口一路的花圈是給他的，剛剛張望到花圈上他的名字，頭腦還解釋是他送給往生者的，原來是他走了。當下心理狀態又放鬆又難過。他才四十幾歲就走了，好像太年輕了一些，可是，我從此不用再懷著那道陰影會從何方射來的恐懼。父親說：「他是游山下那條大溝渠被淹溺的……」我的耳朵還嗡嗡地停留在「大溝渠」三個字，那是一個無人知曉的清晨呀。「喔！」我淡淡的回應了父親。

當晚，一個人的夜晚，我哭著醒來。他來夢中對我說，他不是故意的，他只是在跟我玩。活著時沒機會表達一定很遺憾吧。他母親曾在早晨運動時遇到父親，說他兒子眞的很喜歡我。爲什麼呢？是分手沒有四處嚷嚷他糟糕自私的荒謬行徑嗎？還是當下沒有丟他一個人在賓館自生自滅？當時兩人平安離開對我言才是重要的，我不願看到父母傷心，「性」這件事我完全壓下了，沒有比人身安全更重要的。而他到夢裡道歉對我而言是太重要的訊息。會不會在他快溺水之時，就已經想對我說呢？「親愛的，我收到了，你一路好走，無罣礙了。」

此刻，問自己相不相信愛情？愛情，像是被頭腦堆砌出來的概念，有條線、有SOP，必須符合自己心中的那款浪漫，才能稱之爲愛情。而我相信「友善」的初衷。因爲友善的心將我從對方的愛情漩渦中釋放奔飛。或許，我唯一做對的事，就是對他友善的心，陪伴彼此走過分手的難受吧。坐在電視機前的我繼續想著，分手是需要學習的。與他交往前，父母親都警告過我，他們的家庭環境有暴力歷史，可是，我一定要走一遭才會相信，不是所有人都適合自己、適合談戀愛。此後我更加明白，主動分手者要有心理準備，而被分手的對象，肯定不甘心，覺得被否定，很受傷。動物受傷時會發了狂的攻擊任何人，何況是彼此有感情的情侶呢。

新聞從來沒有少過報導「分手」的報復行爲。而媒體一直聚焦在結果，大衆除了害怕、恐懼之外，還能做的就是不接觸、不討論、不戀愛以策安全。仍是有勇闖愛情關的少年，戀愛是一定要談，但是好好談戀愛也是需要練習的呀！

就讓談情說愛走在最前端吧，可以嘗試書信往返，讓時間來釀一下感覺（3C產品眞的是戀愛殺手），讓兩人對未來有共同的畫面及想像，像編織一幅願景般，而不是只有用在事業成功的規劃上。不急著「上」，要眞心的問自己準備好了嗎，而非同儕鼓譟、媒體渲染，失了心的方向。哈，我超老派的吧！每一次與愛相遇，都會產生想念、糾結的心，都在彼此身上畫了色彩與印記，如果，分手就像是一場清理大手術，我們有多少能力承擔術後的復原？又能經歷幾次剝、削、埋的過程呢？

在戀愛這條路上，我則是俗辣又懶得談戀愛。需要保持友善的初心，釀愛釀情的，眞是，麻煩的老派靈魂啊！

母親是一個家的基礎

一九四九年到一九六三年是什麼樣的生活景況呀？生一堆小孩是「母親」活下去的動力的年代，全民貧等、夜不閉戶、雞犬相聞、互相支持的年代吧！

「雲華」不是很會做家事的女性。在江西修水念的是私塾，會翻牆到河溝邊玩耍的女性，很不典型、非傳統女性。是當了「母親」之後才學著如何教育孩子——能讀書就讀書、不能讀書就去工作，不然，找個喜歡的人結婚成家也行，原則簡單、沒有過度期望的放養教育呀。做菜也是一種記憶的呈現，所謂的家鄉味兒，與母親的家鄉並沒有直接的關聯，反而是母親忙碌的畫面。像是端午節前一天，看見村子裡的母親們相約在水井邊，開始洗粽葉（這些工作多半是小孩們的）、包粽子，洗臉盆裝著五花肉，大鐵鍋裝鹹蛋黃、香菇，也有裝花生米的，一大早盆裝這些白閃閃的糯米（我則是在那時知道南部粽、北部粽的分別）。我的母親不會包粽子，但因爲家中有人要考初中（當時沒有九年義務教育），一定要跟著村子其他會包粽的母親學如何好好的包粽，因爲這是她能爲孩子做的最美好的祝福。大部分的母親們比我家的娘年輕許多，口音也很混搭——有閩南腔、客家調、原民口音（以前稱山地人）。雖然有如此複雜的語言系統，但母親們心中只有一個目標——包好粽子、餵飽孩子。

「水井」是大家年時聚會的中心。

家家都沒自來水，也沒有抽水馬桶，所有的水都必須親力親爲的扛水回家。刷牙、洗臉必須到水井梳洗，這也是我一天中第一份需要提起的勇氣。因爲清晨的水井邊通常已經圍了一圈人在那兒邊刷牙邊道早安。有時，我會等人潮散去後再去梳洗，但往往失敗，刷牙刷到一半，某某伯伯就出現在我背後「小娟，早。」一聲，把我嚇的一身冷汗，我只能張的滿口牙膏的嘴，含混不清的說「伯伯早。」至此，我開始會偷偷用媽媽早上打好的乾淨家用水梳洗，好避開鄰人們。

早餐都是「雲華」爲我準備的，聽大姐說，以前早餐都是她問：「媽，你要吃什麼，我去做。」而我的早餐則是雲華問：「小娟，早上想吃什麼，我去買。」這件小事是前兩年與大姐閒聊時，才拼湊起來的。一九六〇年代，台灣經濟正準備起飛，高層大人們對「落地生根」也有了決定，十大建設開始啓動，父親當時在榮民農墾開發處當隨隊醫生。母親「雲華」則是在家帶孩子（偶爾拿些批貨來的梳子以及美國人耶誕節要穿的毛衣來繡手工花），通常是夏天抱著厚厚的毛衣，一針一線的刺在拓有圖案的紙上，有決定好的配色，等全部繡完後也是一身大汗。媽媽負責繡，小孩們負責穿線及撕去拓印的紙張，一家人窩在一起（當時房子不大，小孩又小，窩在一起剛剛好），即使窩一身汗也是香的。那時候孩子生的多，但養不起時，就會將小孩送給別人養。「雲華」也是多產的，因爲父親是單傳獨子，雖然已經身處台灣，思想中仍然存放著「傳宗接代」的老派密碼。

我知道我有個哥哥，在我尚未出世之前就過世了。那時候的人處理悲傷的方式，大概就是不停留在悲傷裡，很快創造一個新的生命，就可以讓愛延續下去，但是在科技尚未發達的年代，也沒有先知般的超音波技術，孩子的性別總要到出生那一刻才能知曉，在無法事前偷窺得知男女時，只能用大學聯招般的心情等待答案揭曉。而我就是在那種低科技高驚喜的狀況下，保住了性命。四十歲對一位女性而言，無論現代或古代都是高齡產婦，「雲華」冒著未知及生命危險，產下一女，夫妻倆人在當時的心情肯定不好受吧！但他們處理悲傷的方式，就是不在悲傷中停留太久，「我」就成了王家傳遞香火的種子（也就是招郎、娶先生）的氛圍下養成的。或許因爲想法簡單，因爲大遷移的革命情感，也或許活在均貧的時代，人很珍惜感情，知道生活中的種種都得來不易，能用儘量用，能修補絕對不放棄：補鐵鍋、磨菜刀、修理紗窗紗門、衣服大的改小、毛衣織了可以拆掉重打成背心。永遠能看見物質的再創造、再利用的價值；或許在這種物盡其用的集體意識下，當然人就能盡其才了吧！

活在一個低消費高利用剩餘價值的七、八〇年代，也是台灣經濟最發達的年代，眞幸運。而我四十歲時正在面臨什麼？面臨自己的「重生」吧。離開婚姻是件撕裂過往生活與朋友圈的重大行動。是不是從小的養成過程中，已經被非典型母親「雲華」教導成自主獨立順著心走的個性？進入婚姻要成爲依附關係，是不適應的。從小價值觀的培養是以自己的心爲意見，他人必須尊重（因爲雲華尊重我，父親疼愛我，而姐姐們羨慕我）。在婚姻中「尊重」成為我很重要的學習，如何尊重自己不成為婚姻中的肥料。

物質貧乏的年代，人好簡單，生了孩子就養，養不了就送人養，不會像現代新聞都是消費式的報導：孩子像東西，不想要就丟，不願養就丟，東西壞了丟掉、換掉，再買就好。那關係壞了呢？包括親子、人際、家庭、師生、工作，甚至與自己的關係，如果壞了、裂了，可以尊重一點的處理嗎？可以用溫柔的方式分離嗎？畢竟，是曾互相陪伴過一段時光的呀。

身為孩子的幸福

陪伴一段時光，是現代人的困境，即便有時間也無法專注且有品質的陪伴吧！而「雲華」的陪伴是全然的，七〇年代的母親們，她們的陪伴是孩子的心靈雞湯。在慢時光的節奏中，孩子們可以像野生植物不用急著長大，不用忙著成為什麼，有屬於自己的小宇宙，雖然，脾性不壞，會偷香腸去烤來吃，但也只是青春瞎熱鬧的儀式。可以看見母親在村子口找小孩，只因鄰居媽媽聊天說到灌好的香腸被偷了，孩子的媽立馬回家拿起牌尺準備教訓還在胡亂騎單車閒晃的小孩。下一秒就看見村子的馬路上，上演母子追逐戰。孩子看見母親立刻停車，母親邊打邊念念有詞：「看你下次還敢不敢偷別人家的香腸、你爲什麼不偷自己家裡灌的香腸。」接著又是一抽，小孩哇哇大哭的放下單車，開始奔跑，母親則開始追又叫嚷著：「你再跑，有種你就跑，不要回家吃飯。」這時，媽媽們一定立刻出馬阻止：「好了好了，小孩子嘛，好玩，不要打了啦，也不過是五節香腸。」在一個好好教育孩子比爲五節香腸討回正義重要的七〇年代，當小孩眞的好幸福，犯錯但可以重新來過，不被貼上「壞孩子」的標籤，教育孩子是大人共同的責任，不會讓家庭教育只存在一人的肩頭上。

現代呢？雞犬不相聞，老死不往來的水泥房子，聽不太見隔壁發生的大小事。我住的大樓有電梯，天黑時，隔壁鄰居的小孩在樓層空間對著牆壁打著球，我經過時多問了兩句，他就停下手上的動作說：「媽媽說天黑了，公園危險，不要出去打球。」然後就低著頭走回家了，在等待電梯的空檔，用餘光瞄到他沮喪的背影，心想，國小的我，天黑時在幹嘛？

記得國小四年級的晚飯前，自己一個走去村子的馬路上，悠悠晃晃的走著，東張西望地看看鄰居哥哥、姐姐們有沒有去操場打籃球，遠遠的籃板球聲與人聲，吸引我信步走去，忽然，眼前出現一位男子，擋住了我的去路，並說著：「小妹妹，你要去哪裡？要不要跟我去學校看我的『小雞』？」我直覺他怪怪的，心裡也想，小雞有什麼好看，我家對面有養火雞，還會追著人叫。於是立刻說：「不要。」繼續朝著籃球場方向前進。任何時代都會有「危險」出沒在身邊，是不是擁有足夠的陪伴時光，讓人心中有了龐大的安全感，對於陌生人的「感情」邀請，就有一種免疫力，不用從陌生人的出現中得到好奇心的滿足。

小學四年級的我並不知道看「小雞」是什麼意思，現在回想起來，我眞的曾經與危險擦身而過。當然，「雲華」不知道這個「小雞事件」，因爲他還沒開始就已經結束了。否則，五十歲的「雲華」，如何承受這種痛，而十歲的我，又要將這個苦澀的傷埋藏多深多久呢？現代的孩子，眞的只屬於水泥大樓裡的那一方世界，而那一方世界如果是孩子內心的全部，在一個「雙薪才能勉強養家」，孩子成鑰匙兒童，7-11是飢餓廚房，在虛無的現代，孤獨是自立自強成長的配方，再多的補助生育方案，再多的教改學習政策，好像年輕世代仍對結婚生子興趣缺缺呀。或許，是心中眞的明白：好好的陪伴孩子一段有品質的時光，是份奢侈的想望，還不如不開始，這樣就不用面對自己童年的渴望與失望吧！

「雲華」在失去兒子之後，沒有失望。再生第四個是女兒，仍保持信心。家庭只有先生一份薪水，想辦法創造生活樂趣，給予足夠的陪伴，讓從幼稚園到大學的每一個孩子都能得到平等、受教育的權利，不會犧牲任何一位孩子的未來，提早入社會賺錢養家。物質不豐、單薪收入、小孩滿屋、鄰居相親。當時理財資訊當然也不能少，在資訊封閉，媒體不發達的大溪鄉下，家庭主婦沒有多餘的錢財可以投資的環境，如何在有限收入創造無限可能呢？「雲華」有一套屬於自己的理財思維，默默靠近會賺錢的鄰居，就成了很重要的學習管道：郵局定存（只進不出數年）、起會（以會養會，需要錢繳學費時可救急之用）。「雲華」用這種方法在她去世時，爲父親存下了數百萬的養老金。只上過私塾、讀古書的老派女性，竟然有本事在沒上過理財課或有理財專員的訓練下，可以擁有數百萬的存款，讓父親有著不虞匱乏的老年生活。

或許，現代慾望太多，消費意識深深植入腦海，消費等於愛（愛自己就買個包包、買件禮物），所以「愛」一直被刺激經濟發展所利用。「愛」成了包裝紙，成了交易品。但在六、七〇年代，愛就是愛，任何生日、節慶沒有禮物交換時，愛是陪伴與滋潤，陪伴是全部的禮物，與孩子們共同做事、與鄰人們一起教養，身教成爲孩子成長中的典範，與是否高學歷、高社經地位無關，無論老派、現代、過去、未來，物質豐或貧乏，有這份單純的愛，人生路就不易走歪了吧！

我的娘「雲華」，在那個百廢待興的社會，都可以勇敢前進。不失望，故不悲傷太深，相信我也可以。繼續冒險，無論幾歲。

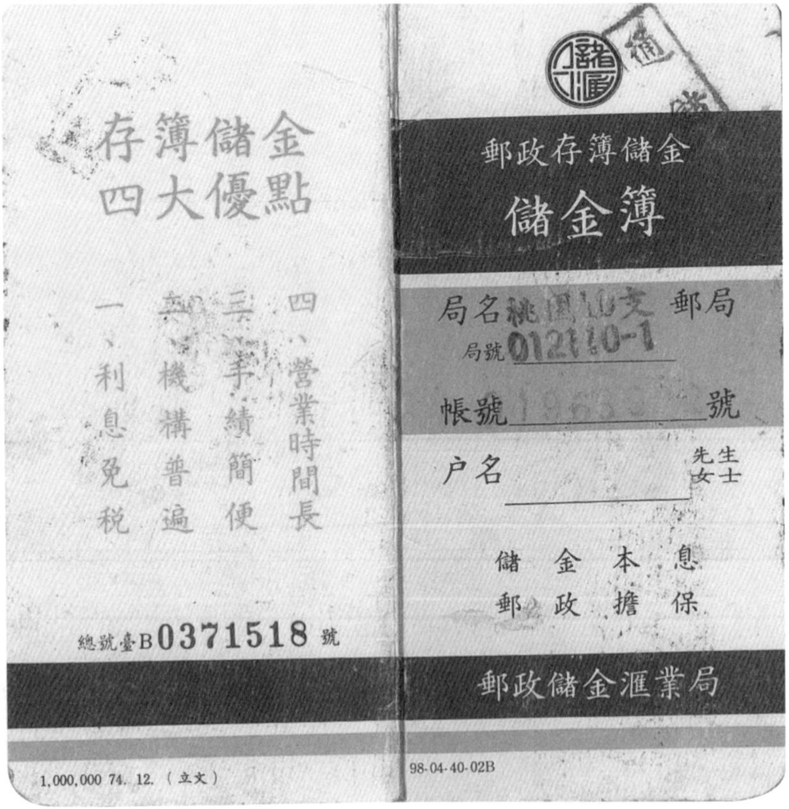

■ 1970 年～ 1980 年的存摺簿。

選擇

出生的最早記憶，還記得是幾歲的時候呢？昏黃燈泡亮著，一張木頭老床，一簾淺白色的蚊帳掛著，床上有著厚厚的棉被及枕頭，房間內有收音機與黑膠唱片結合的四腳櫃子，另一面牆有一台有腳踏板的縫衣機，這兩台機器正好放在門的兩側，形成L型的護衛隊。門外就是後院，有樹與籬笆，但因爲天太黑，我看不清楚，而這個畫面一直在我腦海中，不時浮現。

在一次聊天中，我問大姐：「這個畫面是我幾歲時家的擺設？」大姐想了一下說：「那是你出生以前的擺設，你怎麼會知道？」對，爲什麼我會有畫面？而且還是鳥瞰的視角呀！難道，要進入這家庭是我的選擇？我已經提前來看過了？

父親在我出生的時候，正好是十大建設的榮民服務處農墾隊的隨隊醫生（後來知道農墾處是一群無家眷、無子女，有精神狀況的榮民伯伯的集合單位），父親選擇離家、奔波，照顧那些異鄉遊子，忍受分離思念之心，多賺些工作加給，讓母親及姐姐與我，可以過上更好一些的日子。在村子裡「醫務所」的生活是閒適的，早出，午間可以回家睡一會，然後再去工作。天還沒黑就可以回家與家人相聚晚餐。因爲工作的關係，對村裡人家的狀況有較多的了解，包括誰家有家族性精神病，父親會警告我們不要去碰、去談戀愛，要謹記在心。

走在村子裡，大家都會稱父親「王醫官」，因爲醫務所是軍方地方診所。隨隊醫生是父親的新選擇，而我那時也上幼稚園了。寒暑假是我最開心的時光，因爲，我可以與父親一起在南橫公路看炸山開路，在農家與小朋友們一起看滿園滿天、密密麻麻的龍眼，在廚房大灶切地瓜葉、煮地瓜潘（ㄆㄣ），那時豬在吃的地瓜與葉子，可是現代人的保健養身聖品。我會偷偷吃灶裡煮好的地瓜，因爲那是不曾出現在家中餐桌上的食物，好甜好蜜好天然，完全是自然生長的滋味，可能因爲生長時間夠長，滋味就夠濃吧！父親住的宿舍常常出現青青的香蕉一串串，因爲太生就用報紙包住，放在米缸內讓它熟化。附近鄰居常常拿些水果或土雞、蛋，讓父親回家時帶上，食物吃都吃不完，父親還要牽著小小的我的手，眞的好忙。

六〇年代的信任感

當然，父親上班時，我不能每天跟上跟下，必須留在農家與小朋友一起玩耍，這似乎是現代不可能發生的事吧。將我放在一群陌生人當中，父親很放心，而我似乎也不太害怕，與他們玩得很開心。但黃昏時，我的心就開始慌張，開始想著父親怎麼還沒出現。有時，父親夜診巡病房，我就會被安排在農家與小朋友一起睡。記得有一次半夜醒來，看見蚊帳內好多小孩，還有一位媽媽，好陌生，讓我有點害怕，看了一會兒，確定是我認識的一群人，我沒有哭也沒有尿床，四歲半的我，就乖乖地躺下等待天亮。現在回想起這些畫面，也眞是驚心動魄，如果當時的我嚇到放聲大哭，一定很可怕，父親會無法安心當夜班；如果半夜醒來，下床去找父親，山裡漆黑，危險四伏，會遇到的狀況太多太多了；如果尿床，一定讓人討厭，父親將無法再次麻煩他們，全都因爲，這樣子都是在麻煩別人。原來，我的「不麻煩」是有養成訓練的。

六〇年代的人心好簡單、好信任。將他人的孩子當成自己的孩子般善待，或許，當時父親的身分是「醫官」吧，他們對於專業人士，有著一份尊敬的心。父親也會幫忙看看感冒、頭痛等小毛病當作敦親睦鄰，這算不算是「無相布施」呀！

當寒暑假要結束，也就等同於我與父親的假期要結束，準備返家。土雞、水果等伴手禮，一定是雙手滿滿，而我則是在「舶來品店」買一套小洋裝或外套、新皮鞋，打扮美美的回家。媽媽很開心終於能見到我，煮了滿桌好料等待我與父親回家，還記得那時弟弟尚未出生，當時的我可是傳家寶呢。大姐曾在一次聊天中說到，她永遠記得有一件水藍色的紡紗蓬裙，上半部鑲有小水鑽，質料好摸又好看，而我們家的女孩們，只有我有這種待遇。二姐則是另一種狀況，在家中排行老二的總是有些悲傷的心情故事。二姐曾說到，自己是大姐的衣物傳承者，永遠沒有機會穿新衣服，所以長大後成了賺錢給自己買衣服最瘋狂的人，以彌補童年的心靈創傷。

而我呢，則是另一種狀態，在劇場工作時期，每每遇到要開始巡迴前，心情非常焦慮的想買新衣、新鞋，買了之後整個人就安定下來了，而巡迴結束前，這種無形焦慮又會再度發生，只要準備開始巡迴就來干擾我。直到我開始深刻的清理自己的生命歷程時，這個魔咒才被看見，也著實發現自己那幾年花了好多錢呀。因爲巡迴演出的時光與我和父親單獨相處的寒暑假有了連結：美美的出門，漂亮的回家對我來說是一種「離家—回家」的儀式，那時才曉得原來原生家庭對小時候影響特別大。

我在清理自己的人生歷程時曾有這個疑問，母親當時怎麼捨得四、五歲的我，與一個大男人生活兩個月，那時我正需要母親的愛與照顧，難道她不怕父親粗心大意，讓我吃不好、穿不暖嗎？她怎麼能夠忍得著與我分離，以及我們對彼此的思念呢？

母親的手藝極巧，或許是時勢所逼得緣故吧，縫紉機成爲母親才藝展現的場域。幼稚園畢業典禮一定會有表演節目，我身上穿的小小水兵服，是媽媽親手縫製的。白色上衣、白色小裙子，滾著紅色波浪線條，穿起來好看又好有精神的小水兵服，讓我穿得好開心。當時幼稚園的小娃娃們，都被老師分配到跳舞的角色，有一齣舞碼是七仙女，後來少了一仙，老師就來問我：「小娟，要不要來跳仙女，很漂亮的仙女喔。」我則搖搖頭，拒絕老師。但七仙女怎能少一仙呢，於是動用園長出面，當時的園長——方淼湖園長，還是大溪鎮代表，地方官一枚。方園長出面肯定搞定七仙女這舞蹈，方園長代表說：「小娟，來跳七仙女，可以要彩帶、綁古裝包包頭，穿仙女飄飄衣喔。」通常權威人士說話了，孩子們一定會聽話。但我的頭搖得像波浪鼓一樣：「不要、不要，就是不要。」只因爲我覺得，七仙女的衣服、打扮太醜，也或許不是媽媽親手做的衣服，所以我不想。園長代表拗不過我的堅持，只好放棄去找別的小孩。

這種「不要、不要」的個性養成，使得我在學習的人生道路上，有著質疑的態度，臉上常保持著一種「是這樣嗎？我要自己試試才知道」，我才能決定要或不要。也因爲這樣讓人產生一種難以靠近的嚴肅感，現在回想起來當時的內在活動好簡單，就是讓我「想一下」。因爲這份了解，在現代的許多時刻，對於需要「想一下」的狀況也有了同理心，否則就會誤會對方在「擺臭臉」了。選擇是分秒瞬間的判斷與決定，看見自己在成長歷程中，選擇一條慢一點的路程，肯定急死我爸媽了吧。

重考就是一種重新再來的路，耗時費日的過程。讀藝術學院也是如此。一九八四年考進國立藝術學院，在藝術尚未成爲生活認知的一部分時，我已勇撞禁區。當時藝術無用，因爲「戲劇」還停留在話劇或歌仔戲的認知年代，經常被長輩詢問時需要解釋一番：「話劇是以前的說法，現在是舞台劇了。」對方一臉困惑覺得哪不一樣啊，「不一樣、不一樣、不一樣」我的心中大聲吶喊著。

後來戲劇的演變，發展成大家口中所說的「看不懂的舞台劇」了。我當時想著，天啊！怎麼會看不懂，不是都講人話嗎？但這個階段的現代劇場，確實也正在探索與實踐各種形式的可能，尚未形成較大型的劇團及觀眾「看得懂」的故事。這段劇場時光，我參與了許多奇怪特殊的小劇場演出，觀眾也眞的很少，會看戲的鐵定是「文青」。一齣需要舞動身體同時要念著詩，或是不說話走來走去，但觀眾仍很支持的鼓掌著，這份感動成了堅持到現在的動力。「看的懂與看不懂」似乎就不重要了，珍貴的是彼此對創作、對生命有著同樣的渴望及熱情吧！接著，平坦的道路似乎出現了，觀眾可以輕鬆的道出：表演工作坊、屏風表演班（已結束）、果陀劇場、綠光劇團、紙風車兒童劇團……，儘管劇團都有我年輕歲月的青澀身影。雖然，觀眾不記得那時候的我，但這份堅持，支撐我走了近二十年的劇場路，埋頭默默地做。身邊來來去去的大明星客串，劇場中新血、老兵交替，而我仍在劇場中輪迴許多角色的人生，演繹著他人的生命。但我自己的人生呢？我這麼多年活得是角色的人生，還是自己的？

幼稚園的小女孩，拒絕了園長代表的權威指令，企圖走出自己的人生道路，而父母也無法阻擋讓我在表演世界流轉生活。當時父母曾無法理解我爲何不找一份「正職」，例如：老師、公務人員、上班族的工作，卻選擇「劇場」這種苦哈哈、窮兮兮、名不現、錢不見的行當。或許，是我選擇的家庭給我很多的支持，父母給我信任，尊重我是有個性的小孩，也不比較姐妹兄弟之間誰比較好，或是鄰居的小孩如何有成就。因爲父母的信任、放手、不阻止，在這種態度的成長歷程中，我無法責怪父母不支持我的理想，沒讀到自己想要的科系，逼迫我做令人痛苦的職業，因爲這一切都是我自己的選擇，我必須負起生命選擇的責任呀。

昏黃的燈光，大床蚊帳、唱盤收音機、踏板縫紉機，是我對「王家」的第一印象，很安靜、很有愛、很溫暖、很自在。我願意相信是我選擇投生在這個家庭。這樣才能長成今日我的樣貌。

「是這樣嗎？爸爸。」我問。

「是這樣嗎？媽媽。」我問。

他們無法回答，因爲他們早已不在，但我願意如此相信著。

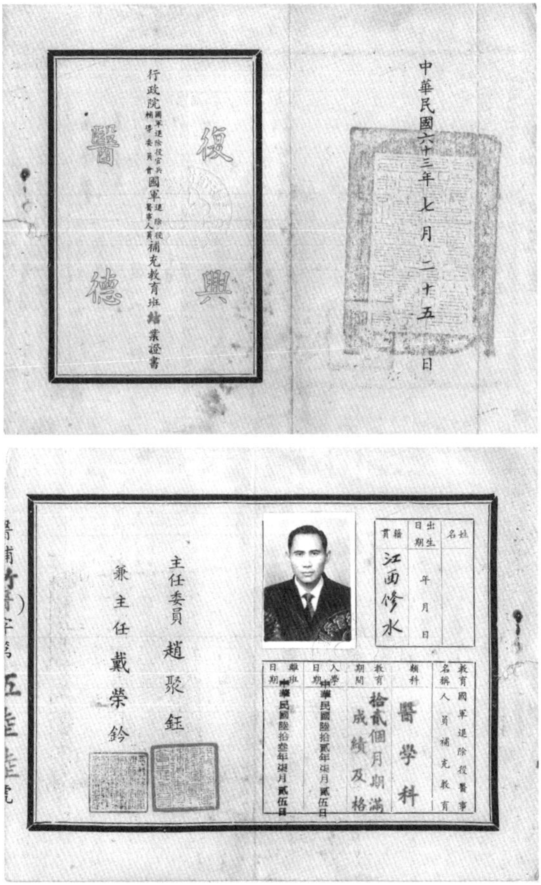
行政院國軍退除役官兵輔導委員會國軍退除役醫事人員補充教育班結業證書
復興醫德
中華民國六十三年七月二十五日
姓名
出生日期 年 月 日
籍貫 江西修水
教育名稱 國軍退除役醫事人員補充教育
科類 醫學科
教育期間 拾貳個月期滿 成績及格
入學日期 中華民國陸拾貳年柒月貳伍日
畢班日期 中華民國陸拾叁年柒月貳伍日
主任委員 趙聚鈺
兼主任 戴榮鈐

■父親的工作執照。

不需要被完整

「以爲找到了合適的伴，但開始無法專心上課、考試，整日昏沉，彼此黏太緊而無法呼吸，近乎窒息……」以上這不是我的經驗，是在安置單位的十五歲女孩的文字心情。而十五歲的我又傻又呆，像個男人婆。愛情是什麼？男生又是什麼？完全沒有長這條感情神經。

四十年後的國中同學會，舉辦在二〇一八年的過年期間。透過臉書找回了幾位同學，開了第一次的同學會，十五歲分別後再見面已經五十五歲了。有人做嬤、有人子孫滿堂、有人去世，也有人單身（就是我）。看著同學們的臉，想起了十五歲的年少時光。有的同學眞的很早熟，十四歲，國二的年紀就如花綻放，知道要美麗要吸引人，傻傻的我像保鏢一般，護衛同學走過男生那棟大樓的穿堂，到學校後面的福利社買零食。我們出發前，他將裙子捲了兩捲，短到膝上接近絕對領域的高度，整理頭髮，放下U型黑夾，出發。沿路有如女神出巡般引起衆男生的口哨聲，我則傻楞楞的抬頭瞪著。回程亦然，他的腳步像是太空漫步似的放緩了，四周的口哨聲更加此起彼落，像放煙火似的。我仍然不解，這有什麼好叫好樂的，一時火氣上腦，本來的嘉年華慶典，因我那如籃球火般帥氣轉身、瞪眼加用手指責，頓時安靜了下來，我喊著：「你們再叫試試看。」三秒後，我成了男生口中的男人婆。

回到教室，他將頭髮用U型黑夾整理成老師心中的乖學生，捲高的裙子放回土味兒學生的長度，然後張著她那大的像洋娃娃般的雙眼，對我說了聲：「謝謝。」將零食放入抽屜。看著她所有的程序，才發現十四歲的我還眞是個呆子，超級震撼。

安置單位的小少女們，同樣有著早熟的人生歷練。對人的觀察敏銳，總會用渴望被愛的眼神看著老師們，引發同情而心軟放過她要交的作業，但我完全不爲所動，反而鼓勵她們不能逃避作業。或許這份理解正是來自十四歲的震撼教育吧。

同學會聊著笑著就來到了成就感大賽時間，各自腦補了這四十年的時間與成長空缺。有位做嬷的同學就說：「你還記得我們以前以老公老婆相稱嗎？」這才發現，當時性向的探索與確定眞是條漫長的路呀。她說我很有成就，演了很多好戲又得過幾個獎，成爲名人等等。我則回應：「我這算什麼成就，我只是國安危機的一份子，沒有任何實質對人類的貢獻。」聽得她笑了，也被寬慰了。

另外，也收到一份放在某位同學心中四十年的感謝，進而送每人一串水晶吊飾。那位同學的母親在國二時過世了，全班同學有捐錢，我想，當年的錢捐的也肯定不會多，但他記了四十年的情，在聚會那天表達了。現在想想，是什麼樣的社會氣氛、什麼樣的原生家庭、又是什麼樣的成長經歷，讓他幾乎要記上了一輩子，而且一定要表達他的感謝之心。我們大家早就不記得的，而他卻這麼放心上，是「愛」吧，或許就是無條件的「愛」。

我出生時被當成傳遞王家香火的「種」女在養，直到十六歲，依照心理學的說法，人格已養成。需要足夠的尊重，無法被勉強，一切「自己」說了才算數。雖然那時也不知道能說出什麼道理，但仍以自己感覺爲出發。直到弟弟出生，我要進小學時，注意力從一百變成三，得到了更多放任、感受的機會，但同樣擁有失落感。父母的那份關注與期待，好似任務被解除了，如釋重負的我整天在學校看雲、看樹、看光影飛鳥，在學習上開始注意力不集中，常常被老師罰站，九九乘法表背著背著就睡著了，但似乎也沒有人在意。直到大姐說：「你怎麼那麼笨，連這個都背不起來」時，我才用心的記下來了。

大姐比我大十歲，我小學她高中。我像跟屁蟲一樣，跟著她看電影、影集《勇士們》，聽黑膠唱片。她成績好、體育棒，是村子的小名人，是父母驕傲，王家的門楣，可惜不是男孩兒。但性別在近幾年已是可以被正視、被討論的事。女性的能力展現及被尊重的文化也有進化。

女人的一生有各種可能。六、七〇年代，我們尚未有「女權」的意識。父母怎麼身教，我們就學習他們。似乎成了父母的某種複製品。「認識自己」很遙遠，更遑論「做自己」。但在夾縫中求「做自己」的我，不斷看見「我」的變化及成長。

母親是一所學校

而我的母親，將她的堅韌與愛化成行動，在餐桌的食物上、勾打的毛衣、縫紉修改的衣褲、陪伴孩子的窩與給予零用錢教理財等等，母親成了一所學校，她就是以身作則的校長兼所有職務。知識的傳承仍是仰賴學校教育，但生活感的知識則是她的專長。如果有所謂「女性意識」這個詞彙，可以回頭去看看這群女性的所作所爲，是多麼「母性」呀，軟韌堅毅如「水」的元素。莎士比亞《馴悍記》中的女主角，囂張跋扈如一頭獅子，要與男性抗衡，爭取女性地位，展示女人的權力。而這種作爲只會像在水裡丟石頭，水花四濺後仍無進展。直到女主角明白女人如水的道理，重點是，得是「自己意識明白」，而非被灌輸植入。

想起那群安置單位的小少女們，許多問題是來自原生家庭的母親想發展「自己」，但又沒有足夠的典範成爲引導，跌跌撞撞的破碎形象，映入這群小少女的心田。想「做自己」，要先打碎現在的狀態，再拼回來。但孩子呀，打碎是個多麼痛的過程，尤其是被打破、打碎。他們有父母離異或往生的，也有在親戚朋友家長大的，要走好長好遠的路，直到遇見「愛」他們的人。而他們較多在「愛情」中跌倒、打碎，再爬起來，再一次跌倒、爬起來，直到明白「愛」不是交換、不能交易。

我的原生家庭，母親是安內的穩定力量，父親是養家工作的主要負責人，彼此分工合作，生養五個小孩，最高的紀錄是同時在學校讀書的孩子從大學到幼稚園都有分布，但似乎也就這麼成長了。反觀現代的家，孩子少且雙薪收入，爺奶公婆配合照顧，物資豐沛不匱乏，但，是什麼讓孩子厭世不再好奇了呢？是不是太多資訊，混淆了簡單？是不是渴望成就淹沒了可以看見個體差異的機會？是不是密集關注而少了獨處時間？是不是孩子成了大人的理想模子，可以灌注一個完美的自己，彌補未成的自己？

母親最後還是生了兒子，才感覺對王家有交代，覺得此生無憾。或許，背後推動她老人家爲家、爲兒女、爲丈夫付出的是來自她的原生家庭，但因爲一九四九年的大遷徙，她脫離了傳統思維的生活禁錮，本性中有叛逆的基因，她才能用自己的方式建立一個屬於她理想中「家」的樣貌。在沒有太多雜音干擾，尊重每個孩子的差異性格，吃飽穿暖多陪伴是她建構家的基本原則。她也在原生家庭與脫離傳統價值中間找到新的可能，推翻舊有，創造新生活，是母親爲家裡默默打造但我所不知道的面向吧。

那時還沒有機會高舉「做自己」而行叛逆之實，但從性向探索到了解自己，進而展現自己是條漫長的路。路上我也經歷過被說像男人婆、恰查某，因爲女性的身分而與工作主導者（男性）太靠近被蜚語流言攻擊，當時對於女性身分非常討厭，但當有女性友人半夜來敲門時，「開門還是不開門」，便立刻知道在性別認同上自己是誰——原來我愛的是男生。

學會負起生命所有選擇的責任，是原生家庭給我最大的教育吧。因為，父母的干預少，自我的探索多，父母沒有過高的期望，我只能自己摸石頭過河，更因為父母的學歷不高，但生活歷練豐厚，以身作則的身影，成為生命重要的引導。原生家庭給的「愛」，以及足夠的「陪伴」，才使我平安度過少女時期吧。

當愛情來敲門時，我只是傻傻地回應：「你找誰。」高中收到情書是件多麼令人雀躍的事。有一天在放學時發現沒有署名的信，看完覺得有種偷窺的罪惡感，立刻放回抽屜中，收起書包快速離開。隔天，放信的同學問我：「有沒有收到？」我瞬間明白，原來那是給我的情書，我還以為是給夜間部女生的信，被我不小心開來看了，一整個晚上著實感到抱歉。像這種被暗戀的經驗一樁又一樁，但當對方向我表白，我都回應：「我們本來就是朋友呀！」下場就是告白的男同學轉學了。

回想起我的同學們都會在三樓走廊看誰正穿著運動短褲在操場上打

籃球，我也會跟著看，但心中常覺得「哪裡好看？」我的愛情花，似乎也沒有機會在高中開啓，並不是因爲忙著大學聯考，而是整天掛念著：爲什麼某班女生少就要被欺侮、就要被分配打掃及收垃圾等工作。甚至會直接嗆聲大罵男生：「沙文主義。」比起男生，我更喜歡一大早到教室，佇立窗台看著安靜的花園，晨霧還在花叢中飄蕩，一陣陣地將花香送上三樓，嗅著靜謐香氣，獨享無人打擾的時光，是我在高中求學中最美好的記憶。

曾經在《家族之書》中看到一段文字，深深被震撼著：「教育最重要的事情是培養感覺，能將所有知識塞進一顆粒子的感覺。畢竟感覺是由大量的訊息濃縮而成，感覺越清楚、越強烈，容納的宇宙知識越多。」雖然無法一一說明這段話語，但想到學校從來不教「感覺」是什麼、如何去感受這個世界，只告訴學生或孩子：「不要想那麼多，好好讀書、準備考試工作。」但，「好好」就是一種感覺，要我們好好的去做某些事之前，卻不要我們好好的想一下、感受一下，的確是很矛盾。

我沒有安置單位少女們對愛情的勇氣或衝動，她們順從了內在衝動做了一些大人不允許的探索，於是，壓抑感覺成了目前她們對自己做的行動，而感覺是無法被壓抑的，發生了就是發生了，引導它的去向與看見感覺產生的源頭，才能使這份感受力成爲創造，否則就只能打碎它並一再重覆吧。

雖然六、七〇年代的民風保守，但人我之間的友善感是支持彼此的力量。或許沒有強調女性意識，但每位女性都仍愛著家人、不輕言放棄，這份爲他人著想的良善，保護了我們這一代的成長，對「愛」仍然有信心，對「感覺」仍然美好的記憶著吧。

現在的生活是「做自己」的最好時光，前輩們的堅韌已經解除限制，柔軟做自己也必然是未來的光。何其幸運的同時存在兩種狀態所產生出的有氧縫隙呀！

■自己到底要的是什麼？

路，遙遠，不怕

一九九七年一月十五日，一個陽光燦爛，風和日麗的日子，單身的我，早起準備去工作，拍公共電視校園戲劇《青蘋果樂園》。也不知怎麼地，天氣雖好，空氣中卻嗅到一絲停滯的味道。室內電話響起。那時代手機未發展，聯絡靠信用，是計畫不突變，使命必達成的年代，不會有人因為睡晚、遲到，突然發懶病而改變約定的年代。早晨九點，我已著裝完畢準備赴約十點半的工作，接起了室內電話才喂一聲，電話那頭傳來父親如狼嚎般撕心裂肺的哭吼聲，這是我從未聽過也再沒聽過的父親，發出如動物般的聲音說道：「你媽媽走了。」

我來不及傷心及感受母親離開的事實，口中喃喃的唸著：「爸爸你不要哭，爸爸你不要哭，我馬上回家，你不要哭。」從來沒有想過有天會安慰父親，他一直是我的天，家的支柱，直到母親離世，父親崩潰了，父親的天塌下來了，心裡破了一個大洞，而許多共同的回憶從黑洞中竄了出來，啃蝕著父親的心。母親是父親成長的見證人，從二十多歲時兩人結婚，生命經歷過第一次世界大戰、第二次世界大戰，戰爭成爲他們早期青春記憶中的絕大印象，活著成爲他們最核心的生命價值，只要有命，其餘可以創造。而母親離世，父親的命只剩半條，他怎麼不嚎不叫不哭泣呢。五十幾年的夫妻就此陰陽兩隔，天上人間何時再見，數不盡的畫面，看不透未來漫漫長的恐懼。我很想說：「爸爸，不要怕，你還有我們呀！」但我沒有說出口。

現在回想起那時候的我，似乎意識到父親從小失怙的巨大黑洞，父親的母親，也就是我的奶奶莫氏，在父親年紀很小的時候過世了，爺爺取了二房藍氏來照顧父親及他的妹妹，這些人我只見過父親，其他都沒有。這種家族樹狀圖在我國小時是沒有概念的，父母親也不在我們面前傷春悲秋思念老家，或許，他們夫妻倆散步、單獨相處時，會互訴思鄉之情吧。那是個口風很緊，行事很小心，不能思想不正確的年代，許多祕密在長輩過世後，與他們一起埋入土裡。如《哈姆雷特》的一幕，掘墓人說明了死亡的公平性，無論生前身分、地位多麼風光、年紀多長壽或短命，在死亡面前都是平等的——枯骨一堆。於是活著成爲珍惜彼此的美好時光。

母親與父親兩人生命交織的盤根錯節，突然地一方消失了，對方根本無法接受，即使再有心理準備，也是無法，就如同我無法說出口的安慰話語，我無法安慰父親喪妻之痛，因爲我沒有參與那份長久又深遠的情感。放下電話的我，這頭像是腦袋當機了一般，呆坐地上久久，等到回神也好一陣子了，將所有工作行程推掉，衝去坐車，本來還想坐大眾交通工具，心念一轉，伸手招了一台計程車。開計程車的是位女司機，在我說完目的地之後，她不斷從後照鏡看著望向窗外無語的我，我眼中泛淚，強忍著不讓它流下來，她幽幽地問了一句：「家裡發生了什麼事嗎？」我說：「我母親過世了。」她說：「放心，我會平安的將你送回家。」我微笑的點頭說了聲謝謝，眼淚就撲簌簌的滴落下來。

三峽到大溪的風景眞的很美，有山有田有小溪，似乎有經過小時候偷摘過的果園，當時全身都是爛泥巴，一定在水井邊清洗乾淨才敢回家，不是怕被媽媽罵，罵是責怪，是怕被他念，念是提醒，什麼危險呀！什麼不安全呀！現在，不怕被罵也不擔心被囉嗦的我，再也聽不到那些絮絮叨叨、耳提面命了。

七十四歲離世算年輕嗎？我想著，也曾經問過大姐：「媽媽過世會不會早了一些？還沒享受到我們可以給她的幸福。」兩姐妹沉默了，心中各自有答案吧，即便母親現在活著，煩惱肯定也不少吧。

年紀再大都會離世，對父親而言，身爲醫生的他，也見過不少死亡、離別，他是明白的。可是，貼合自己生命的伴侶永別，是第一次，也是唯一一次，如喪考妣般的動物般嚎哭，足以表達父親內心的巨大悲痛嗎？坐在車上望著大溪好山好水的我想著。爲何當初他們會落腳大溪眷村？基隆、宜蘭、新店等等地方，都曾經有過父母親遷移的痕跡。「大溪」、「江西」，「ㄒㄧ」這個音，是不是讓父母親願意安住的原因呢。江西修水的水碧源，魚形（地名）是父母親的原鄉，而桃園大溪則是我的原鄉。因爲「ㄒㄧ」這個音，是否讓父母親覺得不會離他們的家鄉太遠，也可以一解思鄉之愁？這只是我的猜想，但我永遠不會知道答案了。

非典型婦女

一路想著母親對我生命的影響，一位老派、私塾教育又非典型婦女的她，給了我極大的自由空間，只給提醒式的教育方式，例如愛情，她的提醒是：「這個人家庭有狀況，你不要以爲你是觀世音菩薩，誰都可以救。」或是「晚上睡覺時，枕頭墊高了想一想。」現在想想，她眞的很了解我。我需要自己去體會、去思考甚至撞破頭式的學習，打、罵教育不適合我內在的反骨。晚上睡覺爲何要枕頭墊高來想？或許是因爲墊高了不好睡，想事情就可以想深遠一些、高度高一些吧。母親不溺愛我，溺愛我的是父親。她是理性對待我的，在獨立招生的年代讓我重考三次，終於考上了國立藝術學院（現在的台北藝術大學），母親曾給我錢去上過考前衝刺班，補習費很貴，家中只有我上過補習班，考場連續失利的我學著不再依賴補習教育，決定靠自己念。但是，書念來念去就那幾本書，念久了也麻痺無感，於是決定去上班，去過電子工廠、紡織廠及電子工廠的 IQC（進場品管），而每次快到聯考報名時，我就焦躁不安，想要再試一次，每次心裡默默下定辭職的決心，這樣先斬後奏的行爲，是不是也曾讓母親很痛苦呢？

那是一個還沒有宅女、啃老概念的社會，每個家庭成員都要爲自己的未來負起全部責任，父母沒有資產，沒有房子（我們的房子是公家的），沒有土地（父母是一九四九年才遷移來的），沒有多餘的存款（因爲人口衆多，生活龐雜花費極大），能給孩子們的只有教育（家庭教育及學校教育）。所以，對於我想念書，有上進的心，母親也就沒有口出惡言說我「笨」、「考那麼多次」來打擊我的脆弱自信。考上國立藝術學院時，第一時間連我也意外，因爲，分數只是超過及格一些，直到晚餐時邊吃邊說：「媽，我考上了。」母親很淡定的回了一句：「恭喜你呀！」其他再也沒問了。是什麼學校、什麼科系等等。都在參加畢業典禮時，好像才搞清楚一點點戲劇系是像話劇那種演戲的。一九八九年對戲劇的認識不像現在這麼豐富，參與者並不多，蘭陵劇坊才成立四年（一九八〇年由吳靜吉博士帶領），而現代戲劇不同於以前傳統話劇（政治作戰學校系統），要學習美國式的現代劇場概念，可能與老師多半是美國留學回來有關吧，舞台設計、服裝化妝設計、燈光設計、表演、導演、編劇、理論、傳統戲曲及其他相關的藝術，都要涉獵及學習。

此時，車子已經到達村子口，司機只收了我一千元並祝我平安。終於要面對母親死亡這件事實了。從村子口走到家門口，從來沒有覺得路有這麼遙遠。呼吸與心跳都加速，而腳步卻是極緩又慢。空氣是凝滯的，路上沒有行人、沒有鄰居，早上九點多，覺得村子像一座空城，好安靜、好詭異。遠遠只聽見父親一句一聲喊著「招梅」。「招梅」是母親原本在家鄉的小名。走到家門口，強忍的淚水，再也停不了，先說了聲：「媽，我是小娟，我回來了。」跪在母親床前。父親因爲家人回來，心情的重擔似乎被分攤了些，哭聲漸歇後，開始說著如何發現母親沒有了呼吸及心跳，還幫她做人工呼吸、CPR之類的，話語中多是自責，覺得要是早點發現，都可以救回來，因為發現時，母親的身體還是溫熱的。姐姐們也陸續從不同地方趕回來，弟弟也遠從營區趕回來，全家人跪在母親床前，這是除了在大年初二大團圓之外的團聚。

我看著大家，我親愛的父親、姐姐們與弟弟，有種好深的幸福感，這是我最棒的資產。疼愛我的父親，他有著正直及善良，充滿愛的姐姐們，還有幫我扛下王家傳宗接代壓力的老弟，總在我沒錢時向他伸手，他總是願意「給」。親愛的母親呀，您留下的回憶、記憶、滿憶，讓我成為億萬富翁了。人生的路沒有白走的，對孩子的教育會在最後總驗收的。

父親整個人像當機似的一個人默默的關在房裡，而全家總動員的將所有後事一一分配妥當，包括將母親的帳戶存款都轉到父親的名下。姐姐們為母親做最後的淨身，噴灑上母親最喜歡的香水味道，老弟溫柔的為母親穿上生前早為自己準備好的壽衣。而學戲劇的我，為母親畫上最美麗的妝容，這是我根本沒想到的好處，除了畫過自己的臉，母親是我畫的第一位，也是最後一位的臉。我慢慢的爲母親搽上薄薄的粉底，細細地描繪了彎彎的眉毛，最後，輕輕地抹上粉嫩胭脂。心想：學戲劇已經無憾了。

那時的我不時抬頭仰望，現在有些明白，您一直都在看著，愛著我們，不曾遠離。

女孩，別哭！

父親過世後，好多事情才是眞正考驗，心情放鬆後第三個月的某個夜晚，一個人半夜哭醒，在偌大的新店租屋處大聲喊著：「爸爸，對不起。」眼淚止不住的落下。是一幕幕自己將父親的愛丟在地上，逃離他的需要、陪伴。母親過世後，父親選擇不再續弦，身爲子女的我當時並不明白自己需要付出時間陪伴他，每每放假總是蜻蜓點水似的，好像有時間限制，時間一到，立刻頭也不回的說：「爸，我要回台北囉，明天還有工作。」父親永遠都在門口望著我的背影進了電梯，才肯轉身回家。

二〇〇五年拍攝電視劇《再見忠貞二村》時，有一場要送孩子上小學的試演過程中，我才拿毛巾爲孩子擦臉的那一瞬間，突然不能抑止的潰堤，一幕幕畫面像快速影像在腦海中放映，原來我的母親是這樣把我們帶大的，在我開心長大時，她則擔心學校生活適應與否，與同學相處的好嗎？接著下一個鏡頭是孩子上學，我則又是崩潰了一次，望著孩子小小身軀背影，是件好複雜的事，又開心他長大，又擔心他面對外面世界的打怪能力足夠嗎？但一定要相信他的能力是足以面對未知世界的。父親的冀望眼神，也是如此吧。但我明明知道他老人家的心是需要陪伴，爲何我無力承擔呢？爲何我心中有非常深的恐懼？

「爸爸，對不起。」是在深夜哭嚎的我唯一的話語，原來，轉身離去的狠心，將滿手都是水果的父親留在對街，自己則匆匆上了公車隨意說再見。想起去爲母親上墳的路上嫌棄他走太慢，只聽到父親遠遠的在烈日下喊著：「小娟走慢一點，爸爸老了，走不快。」我無力承擔的深深恐懼是爸爸老了，而我還沒準備好。他不再是可以一手把我抱起來的那個強大男子，而是行動緩慢，蒼蒼白髮需要親情陪伴的老爸爸了。

我已經很幸運了，工作很自由，可以不接戲，可以花大把時間在父親人生最後一哩路陪伴他，而內心那份痛楚仍在，那份渴望父母親的愛的小女孩一直都在，不曾遠去。而現實是，我們會長大，父母會老去，這是自然法則，必須學著接受。還有如何處理遺留下的財產考驗著兄弟姐妹們。房子是從眷村改建分配到的一間舒適的窩，母親沒有機會住到新的屋宅，而父親則在這屋子有了一段與子女和好的相處時光。

餐桌仍然是大家相聚培養感情的重要所在，我家不准用電視配飯，至今仍然如此，好好說話，分享彼此這段時間的開心與不開心，時而罵罵惹自己生氣的鄰居，時而哭訴孩子闖禍，家人就負責傾聽、陪伴，偶爾給些疏導的建議，而父親總是安靜的吃著他的餐。記得有一次，父親極認眞的看著大姐許久，接著幽幽地說出一句：「蘭君，你眞的老勒，臉上好多皺紋。」聽得大姐氣得說：「你才老勒，你才老勒，幹嘛講我。」起身離開餐桌坐到客廳不理父親，滿屋子都是妹妹們的笑聲及安慰語。

母親還在世的時候，吃飯前一定要洗手、洗臉。而且念國中以前，還要先洗過澡才能吃晚餐，後來在一本關於健康的書中提到，這是最好的排毒方式。放學時間是下午五點左右，六點以前會梳洗完成，然後用餐。餐桌滿滿的食物，還要帶便當，也要留一些給尚未到家的姐姐。食物上桌時還不能開動，一定要等「主廚」媽媽上桌才能動筷子，至今這個習慣仍然保留著，也是對煮婦最高的敬意，雖然過程中，媽媽總會一直催促著先開動。

母親一直不是囉嗦的人，但常常說些令人深思的家鄉諺語：

關於教育——床前教子，枕邊教夫。（房間是私密空間，可以談心。）

關於夫妻——爸爸永遠是爸爸，他有任何錯是我與他之間的事，小孩不要插嘴。（或許他們有革命情感，也或許不要孩子選邊站。）

關於手足——上通奶管，下通血管，一娘生九子，連娘十般心。（兄弟姐妹都是同一個血緣，要相親相愛。）

房子要轉到誰的名下？父母一輩子幾十年時間，家是存在的證明，該如何處理？以前看過八點檔連續劇的劇情，對於我們這群沒什麼土地與財產的眷村二代小孩，終究還是來到這一題人生練習了。

那天是風和日麗的早晨，在父親喪禮後不久，我的手足、弟媳一起聚集在土地代書辦公室，因爲是鄉村的辦公室，基本上就是客廳中擺了幾張辦公桌，掛了執照的場景，好像片場，好不眞實。大家坐定後，聽二姐的小學同學劉代書，說了一些條文法規後，大家沈默許久。沈默是很深的思考，此刻大家各有打算，但各自想法一定是想保護自己的那一份所有權，並且男女有別。討論過程很小心的表達，因爲，兄弟姐妹情誼長存與否，就看這一題的解題能力了。長姐如母的蘭君出來主持了會議：五個孩子分成五份，每人擁有五分之一的產權，但有家庭的三位姐姐，將那五分之三各自給老弟，拆分成三分之二以及給我的三分之一，這是有但書的，如果我結束單身，必須將三分之一給老弟，而我付的最後房貸，老弟必須用買的方式付錢給我。

其實在沈默的那段時間，我在心裡盤算著，房子那一部分的權利我可以放棄，但我要保有父母給我的最大資產——手足情誼。但沒想到，我父母已經給了我世上最大的財富，大家很快就達成大姐建議的共識。原來，心中一直有別人是這麼大的幸福感。

夜半寂靜時，淚眼婆娑的我，坐在漆黑的客廳中想念著父親給的種種教育：還有人沒回家，食物記得不要一個人吃光；煮婦沒上桌不可以先開動，吃飯一定要全家坐定，圍著餐桌用餐；絕不比較家中誰比較聰明、成績好；也絕不因一時情緒氣憤就在外頭教訓我們，不打耳光。長大才明白他們的用心，爲的是在鄰居面前保有孩子的自尊呀！重點是，他們以身作則，說到做到。在幼小的心裡父母是值得被尊重的典範呀，著實老派教育呀！

成人孤兒的苦楚

成爲成人孤兒是一種難以向外人述說的酸楚，很羨慕朋友還能抱怨父母，擁有面對父母老去、失智需用心陪伴的機會。朋友說著自己也一把年紀，爲什麼還要受父母的氣，爲什麼父母個性都不會變，從年輕到老年一直這麼火爆之類的話，而我聽的有滋有味，雖然朋友當下很煩，但幸運的是，他們還健在呀。

大姐曾經提過，父親年輕時會躲到賭博世界，要繳學費時讓母親找不到人。甚至，將要繳的學費賭光，母親只能四處借貸或是起會（或稱「互助會」），來解決學費的問題。夫妻兩人也是吵翻天，甚至帶著姐姐們走到河邊準備跳河。三十幾歲的夫妻為柴米油鹽、為孩子、為教育問題，沒有可以輕鬆過關的方法，這些都是在我出生之前發生的事情。四十歲生下我後，父母的個性穩定許多，人生經歷也讓人成熟，當然，也是因為遇到台灣經濟發展最好的時候吧。

記憶真是一種很玄的東西，它會像幽靈一般，忽然飄進腦海，撩撥後又不負責任的離去，留下悵然若思的自己。

我知道父親在失智前後的狀態，有時姐姐會突然接到警察局的通報電話，那時父親身上並未有任何失智手環與聯絡資料，有鄰居正好是管區警員，巡邏時看見父親在街上失神的張望，立刻認出是村子的王伯伯，便安撫他先到派出所，喝個水涼快一下，沒多久姐姐就出現在派出所，將父親接回家了。而父親口中不斷的唸叨著：「我找不到你媽媽的墳了……」有些話，大概只有母親才願意傾聽吧。坐在漆黑客廳的我，想到這而又是一陣抱歉，「爸爸，對不起。」衝口而出。

家的考驗不會因爲父母過世而停止。每逢佳節、盈月、初一，都會不時的冒出來 Say Hello 一下。常常是突如其來的力道，讓完全無防備的心門就應聲被敲開了，而我的解藥就是與父母給的寶藏——手足。與家人聚會，安撫一下內在小女孩渴望父母疼惜的心。家人的感情就是這樣培養的吧。

每逢過年一定想辦法邀請大家聚餐，購買年貨，交代任務，雖然有時發現吃力不討好，累得人仰馬翻，嘴上嚷嚷著不弄了，要出國渡假去，誰要吃誰弄去這類的氣話。可是，每次要決定年夜餐桌的菜餚是什麼時，似乎回到小時候，陪伴母親上市場的童年，看著母親一趟又一趟的進出傳統市場。而今，我已到母親當時的年紀了，她的體力、腦力及組織力，再加上了解每個人喜愛吃什麼的能力，我實在是遠遠不及她的十分之一。

當父母都不在世時，如果家裡沒有一個人願意當箍，又如何能圈起身處他方的家人呢？我老派，但我需要，這也是讓我內在小女孩不哭泣的止痛劑，與父母還有連結的羈絆魂吧。

小楨你好
健保卡收妥，繳費約定書要蓋存款私章郵局

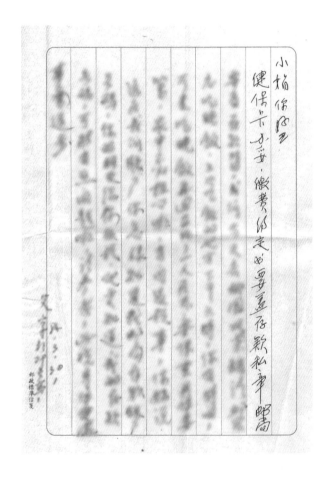

■父親書信手稿。

愛散步

關於愛情，我也是浪漫過的。

很多交友的軟體，搖一下就會有人出現Say Hi，用不同的方式、不同器官部位問好。在朋友介紹之下我進入了另一個遊戲區。成年、單身、獨居真的與寂寞同床、與孤獨共枕，但與恐老異夢。看著一個個跳出來的「菜單」，著實令人感到不愉快。

記得唸書時，男生追求方式眞的要超有體力（哈，別誤會），散步一個小時、聊天說地。因爲不是一個人住，加上口袋沒有多餘的錢，路上沒有隨時可以進去的咖啡廳，想要多說說話、看看我，就必須要陪我散步，再加上本人對腦袋內的興趣大於口袋裡的，於是就成了令人討厭又自以爲高傲的超級難追女生。

上一本書《只要心中還有溫柔就好》（麥田出版），就麻煩大學學長在他的社群推薦，他熱情又慷慨的立刻處理，在衆朋友面前總是說：「這位學妹是我當年想把她但不給把的美女。」大二的時候吧，他騎車載我去河堤散步，兩人坐在河堤邊看著天上的星星，聊著天，時間一分一秒的過去，話題也漸漸稀薄，然後我起身說：「太晚了，我要回宿舍休息了。」他也順口說了聲好，非常紳士的送我宿舍。後來，他就去追別人了。原來當時的我完全沉浸在散步與自己的世界中，沒有散發賀爾蒙呀！但也好在賀爾蒙沒有亂噴發。在我失戀超級低潮時，學長再次邀我去十八王宮廟看海、踏浪、吃肉粽，直到天光魚肚白才開車送我返家（這時是一個人住），他紳士的目送我上樓，然後開車離去。我又再一次沉浸在自己的情境中，所以，他後來就結婚了，大概是因爲這次我仍舊沒有噴發任何訊息吧。

戀愛大哉問

二〇〇二年時，我在中崙中學當過兩年的駐校藝術家。第二年上課，有一位升二年級的同學跑來問我辯論賽主題的看法：中學生可不可以談戀愛？這是個問題嗎？值得辯論嗎？禁止中學生談戀愛有用嗎？他們依然談的天翻地覆、鬼哭神嚎呀！莎士比亞筆下的《羅密歐與茱麗葉》，正是十三、十四歲的年紀（並不是電影或舞台劇上演員的年紀）。那個賀爾蒙超標、爆表的年紀，正是他們在探索身體、生命與愛情呀！

女同學問我，我想了想回答她：「戀愛不等於做愛，戀愛可以談。

女生的身體很珍貴，必須愛護，身體不是東西、不是禮物，不能用『你愛我就要給我，不給我就是不愛我』這種話術來呼嚨人。」孩子聽完若有所思的點點頭離開了。

時間過去快十六年了，學校開始教的是如何預防「懷孕」，而不是教孩子如何「談戀愛」，如何增加情感智商。已成大人的我們，也都經歷過「談戀愛是不是等於做愛」的這些矛盾、困惑，卻沒有正視戀愛是一種練習，需要在過程中，慢慢認識什麼樣的人是適合自己的，也認識自己是什麼樣的人。將焦點放在防止「懷孕」的教育，只是不找源頭處理下游。

我在台東的某所中學有戲劇正式教導課程，聽說有位優秀的男同學最近「談戀愛」了。他臉上有了之前少見的笑容，不時泛起上揚的嘴角，整個人是粉紅色的，讓旁人都想靠近。有次不小心走廊相遇，我直接問他對談戀愛的感覺如何，他回答了頗官方的答案，可能因爲我是「老師」吧。後來，我說到自己身爲女生，在戀愛中渴望男生如何的對待——包括尊重我的身體自主權——他才說出，談戀愛眞的好讓人分神、不容易專心，女生情緒起伏大，自己也跟著受影響。我心想，這就是戀愛呀！在未發生親密關係時，就已經讓人魂不守舍、無法專心，若再進一步發展，就更是考驗了吧！

想起大三時，男友突發其想，想在暑假騎摩托車環島，身爲女朋友的我赴湯蹈火貼身同行，從台北一路往南出發。夏天必須清晨出發才涼快，騎省道風景也較好。貼在男友背上幾個小時，眞是只有年輕的體力與熱情才能這麼做吧，好在那時的空汙不嚴重，但臉上依然是灰頭土臉的髒。天黑前抵達高雄，整個人腰酸腿痲屁股痛，可浪漫不就是這麼回事嗎？沒有任何高山大海路遙可以阻擋的。住在男友高雄的家，分房而睡的我們，當時也止於抱抱親親的階段（我的煞車可是很敏銳的）。摩托車環島之旅隔天繼續向南前進。浪漫是連颱風來襲都可以穿越暴風雨的能量。雨水打在臉上、狂風吹搖了車體，我們仍然無所畏懼的勇闖恆指部（恆春指揮部）。到達時，男友父親看見兩人一身濕漉漉又發抖的模樣只說：「年輕眞好。」

而散步在月光下又是另一種魔幻時刻。我的戀愛常陷入月暈的迷惑能量中而無法自己。一次讓男同學送回宿舍的散步中，與同行的男子有了賀爾蒙的感應，整個人暈淘淘的走著。已經成年的我，早對身體自主權有自己的看法，但當下我仍然踩煞車了。他紳士的送我上樓，轉身離去。整晚難以入眠的我，想著這是戀愛嗎？還是一時「興起」？爲何不能勇敢接受禁忌的挑戰（因當時有男友）。想來我還是很老派的。

交友網站的見面SOP：見面、喝咖啡、驗貨、上賓館、好用下次再來，不用談感情、不用花錢交易，然後，拍拍下體走人，如同陌生人談戀愛的人幾希？找上賓館的皆是呀！而我老派的厲害，無法進入那個異度空間。有時，我會出現一些對愛情的想像畫面，每一個人都有屬於自己姿態的植物，各自美麗，互相友善。但當有許多蔓藤攀爬其上，與許多的植物交纏糾結，會是什麼景況？整個混亂理不清、長不大，無法茁壯吧。而愛情真的需要從跌跌撞撞中走來嗎？長大後的我，仍然沒有答案。

大學時，同學們坐火車將頭靠在男生的肩頭就代表在談戀愛了，情書或告白被冷處理、或被回應「不好吧」的拒絕，就是失戀了。有些人也會因此轉校或轉系。而我則發生在高中時期，班長在早自習時將我找到走廊問我：「我們可以做朋友嗎？」我則回答：「我們本來就是朋友啊！」轉身回教室自修去，沒多久他就轉到別科去了。情書、告白者，都一一被我傻呼呼的冷處理掉了，現在想起來，不是覺得要專心讀書、準備聯考，而是太沉浸在自己冷眼看世界的觀察角度裡。那時的男子們，「分手」時都分得很君子，得不到基本上也會尊重女生的選擇，痛著卻有能力祝福對方找到幸福，而這份大肚似乎也快速消失在二〇一八年的現代了吧。

在婚姻中，最後我是裸退的狀態離開。四年的路程，現在回想起來充滿感謝，如果沒有那一次的婚姻經歷，我無法成為更有歷練的人，無法明白婚姻是個需要有共識的未來，才能經營下去。我當時只是浪漫的享受著美好，卻忽略了現實生活的殺傷力。內在小女孩還停留在月下散步、機車環島、聊天談心的階段。「同居」好嗎？同居與結婚眞的只是差一張結婚證書嗎？根據本人親身經驗：差很大。「同居」的責任範圍小，隨時可以落跑。而「同居」與「試婚」的目的又有差別。「試婚」是以結婚爲前提，先了解彼此的生活習慣，在大人們尚未伸出建議之手時，可以看見彼此適不適合，但如果不發生性關係，可以嗎？這又會讓我開始沉浸在另一個觀察世界中了。

談戀愛是要負責任的，不是對別人，而是自己。因爲每個想念都是能量，每句話語都有渴望，每想一次都給出一次自己的心，每一次對話，都想要對方能明瞭這個道理。最眞切的心在第一次狠狠的摔碎一地後，就無法信任自己給出的眞心會被對方珍惜，一次又一次的越給越少，一次比一次小氣了，從此不再信任眞情對待的人存在這個世界上了吧。所以，隨便比較不傷心？不在乎最大？中年的我對於少年家不擔心，因爲沒有人教導我們如何在愛情中成長，如何好好分手，也平安活跳跳的走到了現在。倒是，身爲中年的大家，需要活出一種輕安自在的狀態，青少年才能看見未來不可怕，無論如何顚簸崎嶇，都依然可以活出美好，每個人都有愛情故事，沒有故事的人生是黑白的。

現在的我仍然對月下散步有著無比的迷戀。喜歡在飯後於住家附近散步，在小巷弄中發現新面貌，像是木瓜成熟結果了，花開了落一地的香，老屋的香蕉樹被砍了，九重葛花開了，麵包樹葉變黃了，河堤的風變大了，太陽起的較晚了，陽光斜射的角度變大了，空氣中多了泥土濕潤的味道，今天這家有煎魚，小朋友在練習拜爾，沿路散步的景致因季節更替而有了變換。

或許，浪漫也是如此吧！眞正的戀愛精髓在曖昧的時間中發酵，有了滋味，開始作詩、開始想念。尚未走上肉體糾纏之前的時光，總也多了一種曖昧空間，那就稱之爲浪漫吧。

快速的時代，「心」則慢，凡事都講求速度的現代，愛情也成了速食餐。餓了，就去得來速點餐，立即止餓卻談不上美味，更別說營養。而我，偏愛煮食，好好坐下來享受一頓美食，是非常有益身心健康的生活。曾經有位開悟大師說過：「愛情是幻象，而人爲何追逐幻象不能自拔呢？」就像希臘神話中愛上自己水中倒影的少年，最後變成了水仙花。

戀愛或許只是一場尋找自己是誰的旅程，而最後愛上的人，可能是自己吧！

■月暈，滿月頭就暈。

印記

在父親去世前的那幾年，曾必須要「再」請一次外傭來照顧父親，「再」請一次的意思是之前請過一次。主要是因爲父親在母親過世沒多久就住院開刀，又逢眷村改建，姐弟們都出於好心，爲父親請一位外傭照顧他，但其實是我們無法陪伴與承擔父親的老化及脆弱的自我安心對策，那時父親身體還算硬朗，身旁整天跟著一位二十多歲的小姑娘，他老人家一點也不享受，總覺得她是個累贅、拖油瓶，甚至被其他早晨運動的老男人誤會，心中更是不悅。父親可能覺得，一世守貞就此染上顏色，離世到另一世界與母親相見，是黃河也洗不清的誤會，很老派吧！

說來還有更老派的，母親才過世一週，父親到平日提款及寄信的郵局，郵局局長非常關心的上前安慰父親，要節哀順變，照顧身體，完全展現了鄰人好友的善良，父親也接受了局長的安慰，彼此手握著手時，局長說：「一個人生活很辛苦，要不要我幫你介紹女朋友，是我太太大陸那邊的表妹，四十幾歲（父親那時七十五歲），要的話……」局長的話還沒落定，父親抽手大聲說道：「我太太剛死多久，墳還沒乾，你這人怎麼就要幫人介紹女朋友。」父親轉身憤怒地離開郵局，要辦的事兒也沒來得及辦就回家了。在家的我，見父親氣沖沖的回來，手上信件尚未寄出，一問之下得知郵局局長要為父親做媒之事，心中又好氣又好笑。覺得父親太認眞生氣，不理對方就沒事了。他眞的好老派。

現在想起來，父親這份對母親的忠誠之心，是一種與母親兩人共同生活五十幾年的尊重吧。或許，簡單的愛的關係，使得思念成為能紀念的記憶吧，現代人的關係有些短、有些多、有些不知該記憶想念誰好呢。

再次請外傭已經是母親過世十年後了，父親開始失智。全家再次總動員，二姐、三姐住得離老家近，成為主要照顧者，我與大姐住台北則是假日回家綵衣娛親，老弟則在假日、平日回家，讓父親安心。記得有次回家探望父親，到平常買早餐的店，買傳統的燒餅、油條、豆漿，準備好好享受這份想念的老滋味，點完食物等待時，老闆娘沒來由的問了我一句：「你來了幾年了？」我則傻傻的聽不懂：「什麼幾年？」他又再問了一句：「你嫁來台灣幾年了？」我才明白，他將我當成陸配了。我說：「我是這個村子出生的，我是王伯伯的女兒，我常常來買早餐，你忘了？」老闆娘才回過神來說：「對對對，覺得你好面熟，可是口音好像陸配，最近村子新來了好多，我才以為。」我一句話也沒再多說，拿走食物給了錢轉身就離開了。

回到家中與姐姐們分享剛才買早餐所遇到的奇事兒，二姐立刻放下手中的煙（家中女性只有二姐與母親抽煙）說道，有一次黃昏時光，他與三姐帶爸爸散步運動，像左右護法一般陪伴著父親在村子繞繞，散步的老人也多半是外傭或二春外配陪坐在花圃涼亭下聊天說地，忽然有一位伯伯說：「老王你眞好命，兩個大陸妹照顧你一個。」二姐聽的火冒三丈，立刻回擊說：「他是我爸！我們是他女兒。」然後，頭也不回的逕自向前走去，遇到這種不被尊敬的冒犯感，家人的反應眞是看得出來血脈相連呀，瞧二姐說的一臉不悅，老派果然是有傳承的。

都是口音惹的禍

記得以前雙十國慶時，好幾次坐計程車的經驗。一上車開口說出目的地，司機先生就從後照鏡看著後座的我，問了一句：「小姐，你是華僑吼，美國回來的？還是香港？」我說：「我是台灣人，土生土長的。」

司機先生則說：「你的口音是外省腔，你這個年紀這種國語很標準啦！」我說：「可能是住眷村，國語有個腔調吧。」沿路車窗外滿是國旗飄揚，散發著慶典般的紅色喜氣。車上則你一句我一句的直到下車說再見。

村子說話口音本來就多元，南腔北調原住民，客家閩南新住民，一直都有新的語言系統加入村子的生活文化，使得「語言」使用的方便調頻，對於一個當演員的我而言，是多好的感官滋養呀！但也隨著時代轉變，語言也成爲一種原罪的胎記。有好一陣子坐計程車，上車向司機先生開口說第一句話時，都要隱藏自己的國語，司機先生從「哩，挖省欸ㄏㄡ（你，外省的吼）？」到「你，大陸來觀光的呀！哪一省的呀？」我的語言也從台灣國語的台灣人到假裝是大陸觀光客，到直接說：「我是土生土長的台灣人，我有口音，就像南部腔台語，宜蘭腔台語一樣，有腔調是一定的。」從小沒有因國語不標準被老師處罰過，結果現在因爲台語不太輪轉而被指教，突然可以體會那時被指正的同學的一絲絲心情。也或許，身爲演員，對於語言的變遷之使用，有著相對敏感度吧。我當成角色扮演，用遊戲的心情在與相遇的計程車司機對談，看見彼此之間企圖良善溝通的心，才能讓彼此心平靜氣的平安抵達目的地。

有個社會學的說法，出身就是胎記。語言就是出生的刺青，展現了自己是誰。奧黛莉赫本曾演過一部電影《窈窕淑女》，是蕭伯納的舞台劇本《賣花女》改編的歌舞劇。故事講述一位出身低下的賣花姑娘，藉由改變語言的遣詞用字，進而改變行爲進入上流階層的打賭遊戲。故事一定有愛情、有親情、有友情，但是原生家庭還是沒有改變，女主角的父親出現時，一切都被打回原形，再高貴、再多教育與改變，賣花女就是無法成爲理想的形象。即使再多努力，在語言教授的眼中及對待方式，永遠都不會友善，而是充滿意識型態的貶抑。改造後的女主角，脫下華服，認知到那牢不可破的意識型態是無法用後天努力去改變對方的腦袋時，她決定回歸自己，接受事實，不再僞裝成爲高級的、上流的、他人定義的淑女。另一部電影《落跑新娘》，茱莉亞·羅勃茲主演的，主角最後接受了有創造力量的自己，同樣有異曲同工之妙呀。

語言教育也是與時俱進的，從語言的標準與否到回歸母語教學，都是對自我身分、價值、出身、來處，來了解及認識的。現在大家學習的外語多是英語、美語、日語、俄語、韓語、法語、德語到東南亞語系，認識語言就是認識文化的開端，打壓或閹割語言，背後的意識型態可能是沒自信及恐懼，亦或是驕傲。思維背後的想法，才是決定了我們如何對應這些詭譎多變外境的鏡子。我常常用一種人生如戲，全靠演技的遊戲心情，生活在每一個變化的時刻。現在坐上計程車也自在許多，他說什麼語我回什麼話，他生氣不景氣，我則說我們要爭氣。一種輕盈自在的流動交際，然後笑笑地下車。

現在回村子，與姐姐們相聚的話題，不會再有因爲帶父親去散步而引來令人不悅的言語，多半聊到的是鄰居伯伯與孫女，因爲新的外配婆婆，彼此弄的不愉快。陪散步、曬太陽的外傭們，將老先生放在太陽下曬，外傭一群人則躲在樹蔭下聊天或講電話，每每我們經過這群人，看到這些現場，心中也是感嘆萬分，他們都是小時候的鄰居，現在，可能也不記得子女是誰了吧，更何況是我們。對於外傭小幫手，我們一直有著頗複雜的心情，而終於使得大家下定決心，源自一件決定性的事件：主要照顧者二姐要嫁女兒了。這是件喜事，全家族都很開心，唯獨二姐有著忐忑的心情，一直以來，他擔任了主要照顧父親還算清醒時的人生的陪伴工作（那時尚未申請外傭）。值得一提的是，那是一段與父親大和解的旅程。

二姐早早離家，組成了自己的家庭，與父親關係一直很疏離，直到父親老了、二姐也退休了，終於有機會陪伴彼此。三餐之外，散步、看電視、聊天都是一定會發生的。而看電視、聊天是最有意思的部份，政論、談話性的節目，肯定看得老父親血脈賁張（屬於心臟血管運動），二姐則立刻轉到動物星球頻道，老父親的血壓就會平靜下來。每每看到大蟒蛇出沒，一定會提及曾經帶二姐到華西街喝蛇湯，去二姐癲痢頭的毒。二姐則學老父親因爲沒有牙齒而發出的家鄉音「一大ㄙㄟ（一條蛇）」，邊學邊說笑著，重複再重複。也因爲這份愛，使得父女疏離的關係，在一次又一次的大舌頭家鄉音的日常陪伴中，父女破碎的關係也被黏貼回來了。像小時候很溫柔日常的彼此對待。但因爲外甥女要結婚，老父親必須找地方安置，家族成員討論了一陣子之後，決定暫時送父親去桃園虎頭山的老人安養中心一個月。一個月也只不過四週，假日我們都可以接父親回家，與他一起吃飯。但就在第一週結束要送他回去安養院時，父親痛哭失聲，覺得我們要遺棄他了，但大家爲了要工作、要上班、要忙婚禮等等，各種說法，轉身離去，獨自留下躺在床上吃百憂解的父親。

這種狀況現在回想起來，都覺得再多理由都無法成立，只覺得當時的我們很殘酷。當時父親在安養院每天吵著要回家，還好，後來遇到一位男性照護員對父親很好，安慰照撫如他自己的父親一般。原來，他自己的父親也早已過世，善待父親成爲他轉移對父親的愛的未完成式。後來的那些日子，與他聊天過程中，他用自己的遺憾來勸說我們，如果可以早些帶父親回家，就讓父親少受一點苦，他說：「他們那一代老人家，原生家庭回不去，這個他好不容易建構的家，要好好珍惜他，因爲，他給了我們一個家。」想來眞是羞愧呀。最後，我們提早了一週接父親回家，那一週，父親每晚都睡得好安穩，沒有吃安眠藥或百憂解。

申請外傭的手續很快就完成了。我們再也捨不得讓父親有被遺棄的感覺，雖然，也加入了必須申請外傭的行列，但家人的陪伴不曾少過，照顧父親的責任，還是全家人共同承擔。父親失智狀況越來越嚴重，話語也越來越少，出入都需要輪椅及成人紙尿布。看著年邁失智的父親像個孩子一樣，開始喪失成人自理的能力，心中眞是百感交集。雖然有外傭可以幫忙，但每次回家，大姐一定要幫父親洗澡，順便檢查身上有沒有瘀青或受傷，如果沒注意造成感染，會很麻煩。大姐會請父親背對坐在洗手臺前，然後父親自己打肥皀，大姐則用蓮蓬頭溫水沖洗，接著用大浴巾包裹好，才扶父親回到床上躺著，爲他穿上成人紙尿布。此時父親會不好意思的一直說謝謝，謝謝你們照顧我。大姐則在裹著大浴巾下的父親爲他穿上衣服。我則看著父親說：「爸爸，以前你照顧我們，現在換我們照顧你呀。」父女倆熱淚盈眶，他微笑著。

老父親呀，您就是我的來處，我則是您在世上活過的痕跡，而這一切都是有彼此才得以成爲現在的我呀！

前衛女性

餐桌，是屬於我們全家的「聊癒場」。吃著食物聊著生活、滴滴點點都是陪伴。

有一次飯後的茶時光上場，突然姐姐就哭了，她說：「媽媽從來沒有喜歡過我。」一位六十多歲的婦人在姐妹女兒孫輩面前，淚眼以對的說著。嚇得大家趕快找合適的話語安慰她：「媽媽怎麼可能不喜歡你。」「那時候她只是希望你不要太叛逆。」「你會不會太敏感了？」「你也記仇記太久了吧！」此起彼落得話語，企圖以正向、鼓勵、幽默的讓她內心的小女孩不再傷心。

但，記憶中有個畫面我永遠無法忘記。有一次母親胃潰瘍住院，大家緊張的全員趕去醫院報到，晚上必須住院觀察，還是小孩的我們陪伴到晚一點再回家。當我從廁所出來，病房裡找不到大家，走向又長且白的走廊，空蕩蕩的令我有些窒息感，四下尋找的我，心中不安恐慌。因爲在國小六年級時，母親送鄰居叔叔去火葬場的回程，在龜山縱貫線大翻車，那是村子裡很嚴重的車禍事件，許多長輩受傷住院近一個月，那也是我第一次感到母親有可能從我生命中消失的恐懼。現在又再次面對尋找母親身影的時刻，突然，樓梯間傳來兩人說笑的聲音，尋聲找到了母親與姐姐，只見姐姐拿出煙來遞給母親，那時尚未完全禁止室內吸菸的年代，兩人就吞雲吐霧了起來，有說有笑像姐妹。

姐姐什麼時候學會抽煙的？我不確定，但母親是一直都有抽。抽煙在我們家是沒有評斷的看待。一九四九年的少年家，根本沒有人會糾正，因爲，上無長輩管，同儕都在抽煙的年代，抽煙基本上是改善情緒的良方吧（好像現在也是）。從新樂園開始，發展到金馬牌，進展到長壽煙，我是看著父母抽煙長大的。而父親有了兒子後，就在一次與他打賭的過程中，從此戒了他抽了四十年的煙，那時父親正是我現在這個年紀，因爲愛兒子，要當一位說到做到的榜樣，下定了決心，父親從那時起，眞的在也沒有拿起一根煙抽過。倒是姐弟倆後來一起在陽台抽起煙來了。

爲愛走天涯

姐姐是非常敏感的人。爲愛可以走天涯，放下一切，甚至包括放棄生命的女子。曾經半夜三更來敲家門，胃痛不已的問母親有沒有胃藥，母親二話不說開了冰箱，拿出一顆外國人最怕的黑色食物——皮蛋，要姐姐吞下它。每個人胃不舒服都與內在自信不夠或自尊、壓力有關。但姐姐的胃是爲愛呑藥，洗胃洗疼的。國二的我，有一天放學回家，家的門窗緊閉，我一直敲門沒人回應，四處張望院子圍牆縫隙，「什麼事這麼神祕呀？」我只能繼續騎著單車四處閒晃，直到家裡大人閉門喬完事情，天黑再回家。

在愛情中，我是實際派的，爲愛爲情就是少了姐姐的全然付出。我會考量對方的狀態是否適合我的期望，否則，我不肯全力以赴。姐姐相信一見鍾情，爲他帶兩個便當，爲他蹺課，爲他呑藥，爲他離家出走與父母吵架，爲他生孩子，事情多到讓父母疲於奔命。前兩年，姐姐突然傳了一些照片在Line給我，都是年輕時期爲愛走天涯的照片，男的帥女的美，孩子更是甜蜜寶貝。她問我：「這麼多年値得嗎？覺得人怎麼就忽然老了，所有事情好像才昨天一樣。」我只問：「人生再來一次你會有不同的選擇嗎？」她說：「還是會一樣。」

姐姐是家庭主婦，是我們姐妹中最令人羨慕的職業。當家庭主婦也是姐夫爲家飄泊海上後才有的新職業。姐姐常說：「你姐夫在商船上很辛苦的，有海盜，海的變化大，只能靠港聯絡時才安心。」

而姐姐現在也當了外婆，有孫子孫女，日子也很充實，跳舞運動，服務社區老人，有時也當起朋友圈的「聊癒師」。抽煙的習慣也仍然存在，依舊在家庭聚會時被大家唸，不過，他依然故我的抽著。

「正確」是什麼？在一個人的成長過程中一直會遇到「正確」與否的二元對話。「品格」則是一定要放入家庭教育的首位。而抽煙、未婚懷孕、爲愛走天涯、不愛讀書等行徑，在我上課的安置單位少女們身上也是有的，爲何那麼年輕就拿到了糟透的牌呢？他們也以命博愛，用盡所有，但被貼了標籤的人生就一生馬賽克了嗎？

是不是六、七〇年代的人，包容不完美，接受孩子的差異性，也給孩子在成長中更多犯錯及冒險的空間呢？在資訊不發達的年代，孩子們還有機會保住自己的尊嚴，而且是整體社會一起保護，讓他們有修正自己的空間。或許，以前的慢速資訊，少了八卦及「正義魔人」，一切都可以慢慢來，尤其是面對「長大成人」，更是需要全面的陪伴。

「媽媽眞的沒有不喜歡你，我親愛的姐姐。」我多羨慕你可以陪她抽煙，你們多麼的靠近，一根煙將你們的關係拉的多麼近。敬拜祖先時，只有你才能爲母親點上香煙，你也爲自己點一根，母女同心的抽著。這是我渴望卻無法辦到，另一種能與母親相會的連結，往往我也爲這個瞬間感動。餐桌上的對話仍然繼續，姐姐說著自己從小到大都穿她姐姐的制服、衣物等等，心中又是一陣酸，或許我們都到了很易感落淚的年紀了吧。目前全家的女性中，購物大戶就屬姐姐你啦。或許是童年的缺憾一定要彌補才能快意人生吧。

家庭中總有孩子離經叛道，特立獨行，想早早脫離父母的羽翼，「做自己」雖然不是當時流行語，可是生命必定會找到自己的出口，成爲自己。往往被忽略的那位孩子，總有辦法用闖禍來昭告父母及天下——我在這裡，不容忽視。或許出於潛意識對愛的渴望，出於成長階段出走之必然，無論如何都必須切斷臍帶的牽掛，拋下父母的擔憂，直到自己成爲父母，才能回首望見燈火闌珊處，早有先人引路。

戲劇系的許多人都抽煙，女生亦然。而我試過沒成功，也就過了需要以煙會友的時間了。班上女生唯一抽煙有著法國女人迷人風采的，只有她。聰穎恬靜，抽起煙來令人賞心悅目，淡淡的、慢慢地呑雲吐霧，總讓我看著有點不寫實，像是照片一般。眼神有著幽遠迷濛的視線。我的姐姐，也有這種情調，而且是在年紀稍長之後，越發明顯，一種像是不在同一個空間，但卻又與我們在餐桌上有一搭沒一搭的說著話的樣子。

她哭著說，媽媽從來沒有喜歡過她。但我知道，這絕對不是眞心話，她眞心想說的話可能是：「媽媽，我好想你。對不起，年輕時讓你傷透了心，擔心害怕好長一段時光，我長大了，可以懂得你的心的時候，晚了，來不及了。」也或許是想說：「媽媽，謝謝你，用愛支持我，讓我明白自己的選擇必要負責到底，丈夫、子女、家庭都是自己的決定，好壞都要扛。」有段時間我不懂母親爲什麼那麼狠心，不讓姐姐回家住，一定要她搬到南部。因爲母親說，年輕夫妻若分離兩地情就生了。

而現在，夫妻爲了工作分隔兩地的時間更多了。雖然笑說：「把經濟大權交出來就好了。」但老派份子們還是會將情擺在錢前面，錢再多也無法彌補對愛的渴望吧。而那「笑說」的事兒，也可能只是安慰自己的糖衣藥吧。

六、七〇年代的父母，對於孩子的成長有著包容，知道植物長大都需要時間，更何況是孩子，沒有特別看過育兒書籍的父母，在學歷不是太高的狀況下，仍然能養出負責任、不媽寶爸寶的寵兒。家中兄弟姐妹多的生活條件下，是不是因此提早學習了互助、分享、責任分攤的能力，注意力不會集中在一人身上，使得孩子有空隙可以單獨陪伴自己而不被大人打擾。如果生活中一直被提醒自己曾經犯的錯，一直被告知自己是壞人，我們都無法將日子過成好的模樣。而我家的「聊癒場」，則是不斷分享我們的美好生活，母親的智慧生活、父親的正直善良及每個人在遇到困難時不孤單，因爲全家都是自己的後盾。就如同我在婚姻低潮期，回家路上聽姐姐的女性朋友們，如何面對婚姻困境，一個又一個的故事，陪伴著我走出失婚低谷。最棒的是，家人從不多問，除非我自己開口說。「尊重」也是支持的力量之一。互相陪伴無需爲誰出頭、爲誰伸張正義，這是相親相愛的溫柔呀。

或許，我們都記得「我們都是好人」，以前母親也曾經對結交朋友有她的心得：人三個，鬼三個。也就是什麼三教九流的朋友都需要平等對待，而且屠狗輩者多義氣之人呀。「婚姻」這個話題也是「聊癒場」的必然主軸。「成家有如針挑土，敗家有如水推磨。」也是家中經濟部長的格言呢。

在這個充斥恐懼、慵老、喜新、愛鮮、去舊而後快之，資訊爆炸的現代，請大家試試一週只用一小段時間看電視吧（電視只是用重複的內容洗腦觀眾），找找家人回家到餐桌上聊聊天吧，美好的相伴記憶就會再次敗部復活了。走出戶外曬曬太陽吧，看看自己多久沒抬頭對親愛的太陽公公Say Hi、道早安了。前述所說的事兒，都是我的姐姐們會做的事：早晨運動、買菜、整理家裡、找朋友「聊癒」一下，活得令人感動。我羨慕年輕時爲愛努力衝撞的她，更羨慕現在專心活出家庭主婦姿態的她，眞心想說：人生精采是自己的選擇，不努力活出來，就等著當廢柴吧！

姐姐眞的是有練過，永不退潮。

■私人空間。

想我藝院同學們

一九八一年「國立藝術學院」成立（現台北藝術大學），非常特立獨行的獨立招生，而前幾屆的同學眞是外星人呀！我的同班同學，有北一女、有建中畢業的，臺中一中、新竹女中、花蓮女中、臺南女子專科學校（現臺南大學）、師大美術系等知名學校，也有南港高工、臺中某高職、中壢商職、振聲高中、北工商、復興美工、明道中學等等，幅度很寬。有人用唱歌進來，有人用跳舞跳入學，用說相聲，聰明的腦袋，反應敏捷，創意想像及美麗秀氣的氣質，都被挑選在一班成爲同學。

在八〇年代對戲劇藝術資訊不發達的年代，一群有理想的教授們，似乎像要革命似的揭竿。當時荒煙漫草的藝術學院，沒有校地，不怕，有心就是動力。當年的教授群們都是海外歸來的一把好手，火熱熱的心是我對戲劇藝術的理解。每一位學生就像元素，被丟進高溫的熔爐內經過五年的淬鍊（是學業五年的專業藝術學士教育，不是五專），取決於這些元素本身的內在素質能不能成青黑寶劍，除了冶煉教授選才之初的慧眼，也需要我們這群怪異孩子們對自己的探究深度吧！

最近教改沸沸揚揚的持續改變政策。有股聲浪是：「老師也是表演者」從這個角度切入教改的世界。「老師」的職業是Google足以取代的知識性傳授媒介嗎？Google許多訊息不一定正確，明辨的能力Google無法教，更無法以身作則的讓教學現場有學習的典範。教育不是服務業，錢可以買到資訊，卻無法買到人生體驗的展現，而這一點與「表演者」有異曲同工之妙。表演者不只是吐詞讀稿機，而是必須消化台詞於人生經歷中，思考如何讓觀者聽得清楚、看得明白，並進而體悟自己的人生，提升自己對世界的視野，而老師呢？似乎也是如此的對待要傳遞的知識及展現老師自身的風範。

藝術學院的老師與學生們，都有著屬於自己強烈的個人風格，有嚴格要求紀律的、有自由浪漫嘻皮風的、有對學術知識尊敬的，也有犀利批判、杯酒釋理論、佛系唸經派、氣走（老師）（遲到）跳牆派。也不知是老師適應學生？還是學生尋找師傅？全看根氣與緣分吧！

在教育中看見自己

前兩年因為坐捷運的機緣，有位美女前來打招呼：「老師好，我是北投新民國中的同學，那時你來上戲劇課，我覺得很快樂。」我看著她秀麗的臉龐，想著一九九二年左右因某個基金會的邀請到國中帶戲劇課，學校安排來上戲劇課的孩子是學習成就低落的學生。有些孩子就直接睡給我看（好像現在依然存在），但我依然邀請他們加入活動，從不放棄。我問她：「你現在在做什麼？」她回答：「準備去澳洲學芳療。」天啊，真是太棒的孩子，我當時一定在教育現場做對了什麼，她才願意在二十多年後主動來打招呼，即便當時只上了一學期的課程。

二〇一八年台中歌劇院的青少年戲劇夏令營多了一項教師研習營，前來上課的多半是藝術人文領域的老師，身上擁有許多教學技巧，這個「看見，孩子」的課，是什麼內容吸引他們來呢？開學在即，群組傳來老師的焦慮，有許多老師對於「表演」是假的、是扮演、是戴面具不誠實面對學生，是非常反抗的，而這個困擾早在十多年前我也發生了。教孩子要誠實做人、認眞做事，而老師怎麼可以是一種表演行爲呢？爲了這個困惑，我停下了教學的工作，開始研究教習劇場、教育劇場、華德福教育、過程戲劇教育及翻轉教室等等，還是沒有一個答案可以面對全部的老師及學生，倒是在這過程中，像一塊一塊的拼圖拼出了一張圖像——自己的臉。

「自己的臉」是什麼意思？人的首要任務是：認清自己。

在大學讀到希臘悲劇《伊底帕斯王》中的神諭——弒父娶母。對於一位才成年的少女來說，是太強烈的震撼，原來早在千年前就有了性格決定命運的悲劇。如果可以回到當初，皇后可以不要心軟的將兒子殺了，而非左腳踝打洞串繩丟棄山野，留了一線生機。而這一切都順了神諭的意，一路開外掛的屍橫遍野。哲學家蘇格拉底、阿波羅神廟都有「認識自己」的箴言。

身爲演員的首要工作，也是「認清自己」。有趣的是過程：藉由角色的性格來探究自己內在某個角落或次人格，與之糾纏數月，直到戲落幕，再送角色離開回到原來的生活。年輕時一次又一次的翻攪著情緒庫，像極垃圾山上餓饞了的小孩，想找到一塊可裹腹的麵包來滿足角色的飢渴。很深卻也暗黑的享受著它。年紀漸長，似乎不再滿足情緒海洋中的驚滔駭浪（而演員根本上就是像老船長般玩弄情緒的高手），而是必須再更深入問自己：爲什麼要當演員。痛苦卻不肯放手，其中一定有對自己有益的地方。師訓焦慮中的老師們，你們是藝術家，因爲從事藝術工程形塑的是「人」。不然，薪水有限，操心無窮，爲何還要從事教學工作呢，也如同演員一般，肯定會從中獲得滋養自己的地方。

觀衆進劇場要買票，學生入學要繳學費。如何從娛樂觀衆的世界，提升進入向觀衆提問的境界，這是演員必須進化的使命，那老師呢？在研究一些教育方法、策略、步驟、手段、心態後，拼出「自己」才是教學現場的核心。台上教學有趣必須自己先覺得有趣，而非「說學逗唱」的技巧，取悅孩子，台上的演員演出適度，浸入人心，觀衆也會如同坐雲霄飛車般，隨之上天下地。

我的同班同學們，不一定都從事戲劇表演工作，有人當畫家（很賺錢的那種）、導演（拿獎很多的）、老師（優良教師）、主任、院長、高階公務員、出版社主編（這本書就是他編的）、劇團CEO、金馬影帝、金鐘影后、暢銷作家、中樂透上億彩金、工作室負責人、空姐、大集團少奶奶、整合財務之貴婦、言情小說家、生化公司老闆、高科技公司總經理秘書、編劇、美食評論家等等，面向多元到我聽見時，都覺得怎麼如此奇特的行業都做得這般出色呢？二十一名畢業生，各個精彩。

藝術學院戲劇系在台灣尚未對表演藝術奉爲顯學之初成立，當初也沒有想到會是現在台北藝術大學一位難求的景況呀！我親愛的老師們，肯定做對了很多很多事兒。古怪的我們，如果沒有藝術的滋養，肯定只是社會邊緣人，過著活在他人期待中卻不快樂的日子。我呢？也肯定不是現在的我。

「認清自己」的古怪，接受自己的古怪，發展自己的古怪，都使當初不被理解的孤獨感，似乎成了一種自在——反正沒人懂，也不用僞裝乖乖牌。或許就是學校這份予許（或縱容）的探索自己是誰，覺得自己值得被珍惜，才能一屆又一屆的開出一朵朵奇花異草來吧！「做自己」是第一件放在心中的大事。用不同的藝術刺激與餵養每一位學生的內在感官，熱情地將理想種子一一放入了我們的心中。

我們到底是誰？永遠都大哉問。父母的小孩？老師的學生？先生的妻子？朋友的閨蜜？納稅人？工作者？在表演藝術中，我拼出了某個自己的樣貌，在教育現場我也如此作爲。改來改去的教育是外在形式，本質是什麼？似乎沒有人在看照。因此，本質一直都還在——當一個良善、正直、誠實的人。無論是有用的、無用的都會隨著需要，在時間中轉換，而不變的是：當人快樂，快樂當人。學習快樂，快樂學習。表演快樂，快樂表演。生活快樂，快樂生活吧！

教育無他——以身作則。謝謝老師們的以身作則，寬容大度地讓我們可以學習、表演、生活在另類外星人學校。

■大一表演課呈現，《紅鼻子》劇照。

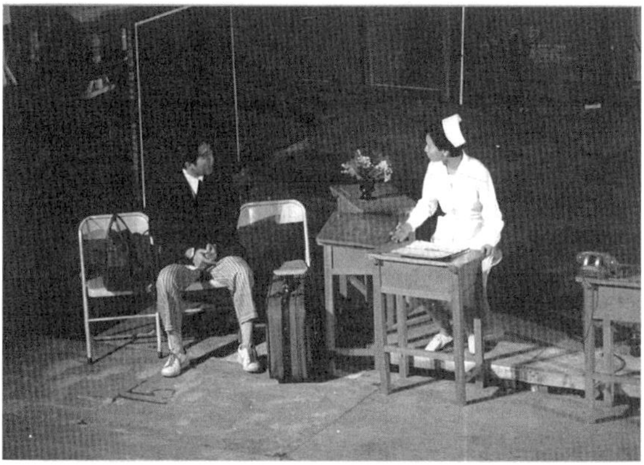

■學期製作，《非要住院》劇照。

風兒多可愛

台灣的地理環境受海洋環繞，水氣豐饒，颱風必定在夏、秋之際來掃除一次。二〇一八年，七月十號，下午四點，台北市放颱風假，人潮、車潮擁擠的馬路上、捷運站，有種讓人不安的恐懼感。我整天呆坐家中，早晨的陽光炙熱，空氣不流動的蒸籠感，即使身體不動，吹著電風扇仍然無法涼爽、止汗。太陽漸漸西下，雨絲飄灑，颱風空照圖，好美好紮實的眼瞳——瑪利亞，第八號颱風。當下一時興起，走出家門朝超市晃去，呆一整天的我，整個人有種腐腐的熱氣味道，頭被薰得都暈了起來。

手伸在傘外，享受著雨水滴答落在手臂上的清涼感。想起一九七〇年左右，大概是小學的時候，暑假期間一定有颱風來襲，而且記憶中都是半夜登陸，當時沒有放不放颱風假的問題。熱熱的白天，陽光燦爛，雲被風捲走了，我整天無所事事的坐在小院子裡，透過沒結幾個果的芒果樹葉縫隙，瞇著眼，讓那閃著金光的藍忽左忽右的在眼簾跳動著，我可以玩一整個下午，當成午覺的夢遊。天空沒有飛鳥蝴蝶經過，似乎也不想打擾難得清閒的天，讓滿滿的藍天停留在天際久一點，長一些。

小時候的颱風天

防颱準備要儲存乾淨的水，因爲上游石門水庫會匯集水區的大量雨水，而使得水變混濁。有時半夜會停電，要準備蠟燭，當時手電筒尚未成爲家庭必需品，先停電是爲了保護電線被颱風吹斷，落地時造成路人或救難人員的危險。那是電線大多還在電線桿上的年代，也是路上看見狗狗撒尿的必然日常。我一直喜歡颱風天，有一種打掃環境，清潔後的舒爽感。傻傻地坐在小院子等待著，看著風雲變色後躲進屋內，早早洗好澡吃晚餐，聽著屋外呼呼叫的風，時而穿過門縫，偶爾越過窗隙。當風來回幾次時，所有門板、屋瓦結構快解體的節奏聲規律出現。

小時候住的眷村房子，本來就老舊，屋頂的瓦是壓不住天井的透明小塑膠片。半夜，因爲天井的小塑膠片被掀開了一半，發出「搭啦、搭啦」的聲響，媽媽把小孩們叫起床，拿著蠟燭指揮分配工作。屋子開始有水跑進來了，媽媽要姐姐們將低的櫃子搬到桌上，重要的東西揹在身上，能將水掃出去就掃出去，但水淹的速度總是比掃出去的速度快。我則是負責拉著天井那一小片透明塑膠片，綁了條繩子拉住，然後我就睡著了。直到一陣強風吹起塑膠片，才將我驚醒，雨也順勢落進了家中將我淋醒。整晚，我就在颱風與塑膠片間拉拉扯扯的過程中度過，直到天亮。風走了，雨停了，天空亮了，樹葉綠透了，空氣沁涼入心，世界乾淨極了。

走在雨中，手伸出傘外，像小時候一樣愛這滴滴答答的水珠子，腳下踩著一窪一窪的水窪。看看，路上行人多忙呀，想趁著雨勢小備妥糧食後，躲回安詳的窩。颱風夜想湊個熱鬧買個零食，看著超市結帳的人龍已繞了好幾圈才能到達結帳櫃檯，又把零食放了回去。體驗到風雨前的小懷舊心情，散步走回家中。看著路上鄰居種的紅石榴，雨露水珠掛在蒂頭，花兒樹葉似乎也正享受著風吹雨落的沐浴時光，有些則葉已落下。慢慢地，風的力道已經開始變強，我則加快腳步回到屋內。

屋內因台北市的大樓建築密度，開門實有種溫熱感襲來，心想：這就是台北盆地吧。天色已暗，我仍捨不得關上窗，風一陣強過一陣的吹了進來，吹的簾子搭啦搭啦作響。我立在窗邊看著小陽台上的植物是否一切安好，小池子裡的魚兒早就沈入水底睡去了。風又更強了，看來颱風眞的來了，明早不知是否有斷枝殘根需要清理，清潔隊員肯定已待命了吧，其他相關人等都無法入睡的同時，我則呈現昏昏欲眠且精神委靡的狀態。

七〇年代的鄉下，第一時間發動救災與清潔行動的不是公務單位，是每一位居民。我喜歡清晨在村子小巷路上，清掃水溝浮出來的垃圾，路面的落葉及斷落的樹枝，自然環境在這一年當中，此時得到老天爺的恩賜，進行一次超級徹底的大掃除。當時放颱風假對大人們而言，就是清理庭院、街道、環境，絕不是去看電影或逛百貨公司。沒有人在算計放不放颱風假，哪裡上班不上班，住新北市放颱風假、住台北市上班，要讓民衆遵從誰的行政命令呢？而「颱風」成了口水戰的情緒出口，成了攪局的討厭鬼，不再是老天給的清淨大禮。

以前放假，是心中的樂。現代人放假前，家長早早就安排了各種營隊，各式安親行程，讓孩子在放假時比上學還要忙碌，現代放假，成爲大家心中的慌。七〇年代的寒假則是另一種氣氛。在寒假來臨前，中秋節過完之時，我娘就開始買小黃燈炮、線、小籠子，準備帶著我們孵小雞。毛茸茸的雞仔是要好好照顧的，看著牠漸漸長大，食物也有改變，從吃家裡剩飯剩菜到加入飼料，一直到撿菜市場的蔬菜爛葉給牠吃，就知道「年」要到了。那時滿地扒落的葉，是可以自由取走而且安全無農藥的，直接切拌入飼料就可以讓雞飽餐一頓。酒也是後院自種的青葡萄釀的，臘肉、香腸更不用說，完全是自製自吃，多的還可以分享給鄰人。國中時，我都是騎單車上學，黃色腳踏車一騎就三年。最近回大溪老家，發現原來的國中單車時光——稻田、溝渠、竹林及蜿蜒的產業道路，已經被大財團圈起來養著，準備養到一定的價位後，蓋成一幢幢大樓變賣吧。

媽媽總是知道怎麼將家變化新花樣。房子小就自創四分之三樓中閣樓，或是加蓋二分之一樓中樓，沒有多的費用買新家具，就將原木椅子清洗乾淨，再給它配上新的坐墊，像全新的一樣，同時也換一下方位，改變感覺。最厲害的是，出門上學前家裡牆壁是白與咖啡色，回家就變成米白與蘋果綠，棉被也已經曬過，暖暖地好舒服。不可思議的母親，家的變化總是在我上學與放學這段時間完成的，在我眼裡，她就是魔法師、女超人！

惜物的習慣也是來自於母親吧，能用則用，壞了就修，爛了再丟。這個老派的行爲，實在很不時尚，尤其在這個創造需要、鼓勵消費、刺激經濟發展的時代，眞是太老派了。但誰能想到，二十一世紀又開始流行手作、自製、限量自產，或許這是一個生命不變的循環現象。

六、七〇年代是因爲物質不豐盛，面對大把時光要消磨，所以無中生有氛圍創造了台灣錢淹腳目的八〇年代榮景嗎？然而，現代社會的向前向外看，將時間填塞滿滿的行程，反而消磨了好奇與熱情？如今，我們又再度面臨該衝刺或耐心等待的岔路上，選擇如何取捨與平衡了。

當青春的鄉間小路變成圈養地時，看著一圈一圈的鐵絲水泥樁，嗅到的風是欲望與失望。竹林樹梢、溝渠水流、蟬鳴蛙呱、光影扶疏，這些只能停留在回憶中了吧！

有時會被快速的信息淹沒了信心，對未來看不見光亮，但以前有的美好生活，老派的滋味又再度回來了，是否表示，要對現在更有信心，就像四季一樣流轉，颱風照吹照來，無論我們喜愛它與否，一樣公平的對待我們。四季一直循環至今，還會持續下去，如同時間是無法看見的流動，它有如織錦一般編織春夏秋冬，酷暑與寒冬。

小陽台的蘭花開了，被颱風清洗的葉片也被陽光照耀的閃著金光，小盆裡的魚兒也從水底浮出來探頭了，一雙雙小魚眼透過水面看著我巨大的倒影，嘴啵啵的動著，像是在說：「食物呢，可以來點食物嗎？好餓呀！」駐足窗前，看著車潮來來去去，大家似乎沒受瑪利亞的影響，上班的上班，夏令營隊照常，時間持續流動著。倒是天空的雲緩了下來，各式各樣形狀的白雲，時而密集、分散，或許，雲也像池裡的小魚兒一樣，經歷了整日的躲藏後又再度出遊玩耍了吧！

信心是現代人所缺乏的嗎？或許可以爲自己多增加一點信心吧，我想。

復古文藝腔

唸國中時，我的姐姐大學畢業，申請到金門教書。那時是戒嚴時期，戰地要躲空襲、單打雙不打的年代，大概沒有人會主動做這件事，如果有，那可能是瘋了或病了。

她是我們家功課好、體育佳、個性獨立的姐姐。初、高中皆考上第一志願、但大學塡志願時因高雄師範學院太遠，將北部學校塡在較前面，結果上了私立大學。父親二話不說，讀，不用重考。放榜那天，村子的長輩鄰居像是自己小孩考上狀元一般，拿著長串鞭炮幫忙放，一串又一串的炮紙花，看得我好生羨慕，唸小學的我心想：我也要唸大學。恭喜聲此起彼落。特別喜歡姐姐的鄰居媽媽（雲南人，聽說在家鄉是貴族——格格）與伯伯到家裡來祝賀，送了鋼筆還有一個大紅包給姐姐，祝她鵬程萬里。村子裡同年考大學的有好多家，榜上有名的只有姐姐。一九七一年左右的孩子，是二戰嬰兒潮中大量出生的人類，因為大量，所以競爭激烈。村子裡的媽媽們，也是在那種社會氣氛下努力增產報國。能生的就三個起跳，不能生的也會領養一男一女。不論親生或領養，都很願意栽培。

姐姐常常得到很多長輩、鄰人的讚美。像是孝順、功課好、體育競賽也是代表隊，長得又好看，只可惜是個女生，這些話聽在母親耳裡，或許曾經有一絲遺憾，卻從未說出口，但這一切都在大學聯考放榜那天，替父母臉上增光了，管他男生、女生、親生、收養都放在一邊，那是一個讀書像打仗，不成拔尖兒不成仁的教育體制。要有過關斬將的過人智力、體力、氣魄才能擠進最高學府。「大學生」這個稱謂，是如同狀元一般光耀門楣的。

姐姐大學畢業選擇教書。地點卻選擇了戰地金門。那時願意去離島是一份勇氣，是願意承擔父母爲家計操煩的決定。戰地有加給，雖然未知、可能危險，當時二十二歲的她隻身前往金門教書。而二十二歲的我，還在享受藝術學院給的豐潤滋養。

因爲愛，出發金門

二十二歲的姐姐，帶著滿滿家人的關愛出發金門，她並非是孤單一人，雖然只是短短兩年的時間，但對她的影響應該是深遠的吧。表面上是多些加給費用，而姐姐的選擇背後用意是愛護家人。教書的薪水全是直接匯回台灣給媽媽，說起這，那個年代的人非常奇妙，工作的薪水是連信封都還沒拆開，就直接入媽媽的金庫，然後再向媽媽銀行領取生活費。爸爸也好、姐姐們也好，賺的錢都是入統一帳戶。那時金融業務不發達，領現金或是支票金額或許都不太大，所以信封袋都裝的下。

掌管財務的媽媽，雖然省吃儉用的勤儉持家，但物質欲望也是有的。不過，媽媽多半只買菜市場大批貨的衣服，過年穿的新衣也就是那幾件，因爲穿的次數少，所以也一直都很新。姐姐省下的零用錢，必定會替母親添購新衣、新鞋，因爲她們知道，母親捨不得買好的給自己，省下來的都要留給子女。知道母親喜歡香水、口紅，總會在坐飛機時，買回來送給母親。雖然母親不太用，但擺在梳妝台上也很好看。

姐姐今年升格做奶奶了。要約她吃飯比之前更困難。簡訊會回說：「爺奶上工去。」文字中有著淡淡抱怨的喜悅。她曾經與母親商量過自己的終身大事，她告訴母親，她不要結婚，可以賺錢幫助家庭經濟改善。

村子裡有個來自廣西的伯伯，每次和他打招呼時，總是聽不懂他一大串的話，只能說：「伯伯好。」「伯伯再見。」聽姐姐說，他們家有個大女兒，是個美女，十五歲時尚未轉大人，便被養母送去醫院打針催促成熟，因爲村子有位四十多歲的軍人要娶他（其實是買）。當時長女是家中的資產，父母有權決定如何處置。

我的母親卻告訴姐姐：「『家』是無底洞，塡不滿的，你要去過自己的人生。不然，等你老了沒結婚成了『姑』（孤），是會讓人討嫌的。」（欸，好像說到我自己了。）結婚成家的姐姐仍然心疼母親，因爲家中只有父親一人賺錢，弟妹都小孩在唸書，少了一位生財人口，怎麼可能放的下心。每次拿錢回家都會被母親訓斥：「你要好好照顧現在的家，不要落人口實，你會在夫家很難做人，不要常常往娘家跑，鄰居看見會覺得夫家對你不好，跑回來訴苦……」唉唷我的媽，您眞是洞察人性、了解人情，高瞻遠矚呀！

姐姐就拿出離家去金門的忍功，忍著思念母親、婚姻中的磨合期，因著自己獨立的個性不與之衝突。想幫女兒坐月子的母親，也因為姐夫要為姐姐找月子中心，而稱讚姐夫是有擔當、有肩膀的男人。母親愛孩子的方式，眞是千百種啊！有次姐姐帶著小孩、行李回家時，母親火眼金睛的馬上明白，姐姐需要在關係中喘一口氣，母女兩人就窩在床上窸窸窣窣的講著話。這些都是聽姐姐聊到思念母親時，提及的一段屬於她們母女的獨特相處時光。

我是羨慕姐姐的，她可以與母親那麼靠近，那麼疼愛彼此像姐妹一般。母親也曾在姐姐婚姻卡關時，給了一些提醒：如果要走下去，就有走下去的處理對應方式，如果不想走下去，那就吵開撕裂。而這份提醒也發生在我自己婚姻卡關時。我沒有吵鬧、也沒選擇撕裂，而是在家人的陪伴中，釐清了自己為何走入及擁有應該離開的力量。知女莫若母吧！每個人有屬於自己的生命軌跡。姐姐心中永遠有家人。出門旅遊，禮物是人人都有，貴重與否不是重點。姐姐一人出遊，全家享受。我也會買，但不是每次都買，怕麻煩的我，最後索性都不買，姐姐們也習慣了我的行事風格。

唸小學時，姐姐唸高中，他因爲功課好，經常會盯我做作業，而天性散漫的我，可以在他嚴格監督下背九九乘法表背到睡著，好多次被她罵：「你怎麼那麼笨。」但在國小二年級時（她高三），曾稱讚我的畫有立體感。雖然姐姐早就不記得了，而我銘記在心。

國小的我跟著姐姐聽音樂，她像極《牯嶺街少年殺人事件》的大姐張娟，洋派的很，看外國影集。《勇士們》、《虎膽妙算》（後來翻拍成《馬蓋先》或《不可能的任務》系列了吧）。整個美式風格植入童年記憶。自由感就成爲未來人生的主旋律了。

姐姐們談戀愛，有的是與男生去釣魚，有的是與一群人去露營，基本上是以聯誼為主軸，男生多半會彈吉他，後來進展到騎摩托車，抽鑰匙的活動是最臉紅心跳的時刻。當時戀愛步驟非常緩慢，確定了交往的對象，基本上是往結婚的路上邁進，也就是說，如果沒有意外，此生就鎖定與這人廝守一輩子，唯一有性關係的對象。保守的性關係，使得他們無法比較，無法吵架時說出傷人的話語，也不用在午夜夢迴時，想著舊情人落淚，只能生氣枕邊這位男士，氣噗噗地轉身睡覺。或許，這也是一種老派幸福吧！

而我，同居經驗只有三年，除了結婚那幾年之外，大多是自己一個人住、一個人行動。那三年才讓我知道，與他人同居真的是需要學習的呀！現代男女關係較為鬆散，沒有建構共同未來的想像，似是而非的性教育，使年輕人一下子就嚐到滋味，沒有心靈感受，甚至還沒搞清楚狀況就已經結束了好幾段關係，然後又開啓了下一段尋愛之旅。現在問我對「性關係」的想法，以前我會回答：「他們高興就好，不要輕易懷孕，那會改變人生主旋律。」現在，我則會說：「愛嗎？有共同願景嗎？沒共識而有性行為只是像上健身房做運動，彼此都是對方的健身器材，誰會對健身器材付出眞心與愛？誰會與器材共創未來，除非它能生財。」人的交流能量會殘留、會互相深刻的影響，好壞皆備，看不見的流動比看得見的互動多且影響久遠呀。

我是羨慕姐姐那個年代的愛情：簡單。沒有鼓吹多試幾位再結婚，反而是耳提面命要踩煞車，人沒有十全十美，共同打拼、其力斷金的年代，而這批人也進入了老年期，他們對家的守護、對人的溫柔敦厚，是整體社會謙和良善的基石。最起碼我的家人是這麼以身作則的。心很安定的愛護著每一位家人，並不表示不會爭執、不會翻臉，只是臉翻過去了還要有度量翻回來才行。儘是因爲相信著「家人」會支持著彼此。

最近去了趟馬祖演講，坐在車上隨著路而起伏，像坐雲霄飛車般的捉緊手把。馬祖的戰地風情成了最好的觀光資產，我想金門也是吧。在北竿，霧散後看見對面的黃岐，這裡是距離「對岸」（以前稱匪區）最近的地區。

而今，聽當地居民聊起之前的種種情況，數十年的變化之快，他們也順應潮流接受了。但生活依然簡單，碼頭只是多了小三通的船票，台幣六百元一張。

姐姐心中的金門，肯定與現在很不一樣，原本肅殺、保密防諜的戰地，只剩高粱酒的滋味沒變吧！但姐姐心中對家人守護的堅定意志，大概在金門教書時期訓練過，從鋼鐵般的意志與行動力可以看得出來，像是在英鎊最貴時送兩位小孩出國唸書；老弟闖禍需要金援時，立刻解除定存。現在小孩拿來孝順她的錢，她一毛也不花的都存了起來，就像當年母親將她給的錢都存下來一樣。

如果簡單，可以讓本質被看見。

如果簡單，可以淨化社會。

如果簡單，可以流動所有的能量，回歸平衡的狀態或日常。

請回到簡單。

■生命的軌跡如月之圓缺。

在時間中「女神變老女人」？

越來越少拍照，尤其在整理舊照片時突然發現的。拜現代科技所賜，可以刪到一張不留，沒有沖洗出來就沒有留下印記。好似回到古早，相機不發達的時代，倩影只能留存記憶裡。一八三九年法國畫家達蓋爾發明了頭一台相機到現在，不到二百年的時間，卻也記錄了人除了長相之外更多的變遷史，而長相是最有趣的一項。相機沒有太多功能時，就選擇拍與不拍。不拍，是因爲很難面對相機中的那個人兒——那是自己嗎？

二〇一四年幫公視上了電影青少年夏令營的影像表演課。孩子們個個摩拳擦掌準備在鏡頭前大眼特演一番，殊不知王琄當老師是狠心的，不但不給大家盡情的演，還要求自律與態度的準備。每一位想在人前顯貴，必定人後要下苦功夫。影像表演的第一題練習：自我介紹。

每個孩子要在手機錄影中錄下自己的面貌及說話模樣，看著孩子們青春臉龐及一顆熱呼呼的心，這眞是美好的相遇呀！每個角落都有分組互拍的同學，在一次又一次的練習中，逐漸安靜下來，願意好好對鏡頭說話。我有交代不准用美肌功能，這麼青春，根本是拍攝零死角吧。交作業時，孩子們回答了很精彩的答案。拍攝之前，老師我問：「影像表演什麼最困難？」是燈光？場景？背台詞？哭？情緒？肢體語言？結果同學們發現「接受自己」最難。此起彼落地說著：「原來我長這樣」、「臉好胖喔」、「眼睛好小」、「鼻子好塌」、「臉色好難看」，完全沒人在意自己的介紹精不精彩，口齒清楚嗎，看來孩子們都劃錯重點了。

「接受自己」一直是我們要面對的，演員亦然。在鏡頭前被放大所有的優缺點，放在數以萬計的觀眾面前被檢視，而且還會一而再、再而三地被翻出來討論。當時飾演《牯嶺街少年殺人事件》的大姐時二十一腰，如果一年多一吋，我還是維持得很行的。凡有人提及腰瘦時期，我肯定說：「謝謝，曾經擁有，不在乎天長地久。」

向內朝聖之旅

年齡漸長，對於從事表演工作的我必須更加面對「我是誰」這個大哉問。無法以青春取勝，就向內朝聖吧，不想被外在價值取決，就充實自己吧，無法回到青春就接受自己吧！

對於表演工作，一直很依心而行。如何讓自己越活越像「眞正的人」，而不是面對鏡頭或拍照時，會慌了手腳亂了心的渴望美肌功能來安慰自己。這部分我是很狠的，連眞實的自己都不能接受，那我又拿什麼眞心去給愛護我的觀衆呢。我不想帶著恐懼活著或表演。法國女演員茱麗葉·畢諾許保持年輕的方式，就是放手讓青春走。千萬不要活成歲月的受害者。

二〇一八年的暑假，與台東大學兒童文學研究所的同學到台東長濱的陽光佈居渡假。沿路要拍照留念的我，總是招呼他看鏡頭，他也會回一句：「不要拍太近了，不好看。」我則回他：「一定要拍近一點，因爲，現在，肯定比以後好看。」或許，我們的腦中記憶都是留下青春貌美的畫面，與拍照當下的人兒相比，肯定當下的自己老了、胖了、醜了。但如果想看遠一點，這些是留給六十歲、八十歲的自己看呢，肯定會說：「哎呀！我那時好年輕好漂亮身材好好。」所以，一定要多留下現在的倩影。

父親在世的最後幾年所留下的照片，眼睛都不太看鏡頭，年少輕狂的我，總覺得父親很不配合拍照，眼睛總是與大家的方向不同，屢勸不聽的怪老頭，而我也來到了這個奇怪心態的年紀，才明白，面對鏡頭中老去的自己，是件非常大的接受課題。有位朋友與我分享目睹他人整型的過程，差點沒有當場昏倒，依他的形容根本是人間屠宰場。重點是，人明明知道會痛，有後遺症，爲何要讓自己上刑台呢？「接受自己」原來眞的很困難呀！是因爲想用換個樣貌的外顯行爲來切割內在過去事件所產生的不安、恐懼及不良記憶嗎？影像表演夏令營結束很久了，但「接受自己」是一輩子的課題。

現在的自己愛旅行、愛運動、愛自己，因爲現在的自己，肯定比以後的自己要活力強、美麗多、頭腦也清晰適合學習新事物。這是我在《阿納絲塔夏》（拾光雪松出版）中看到「生的哲學」給的動力。許多人年屆退休，或正式退休後，似乎就失去了活力，因爲不再被原本的環境所需要，原本賴以維生的價値突然失去，有種失怙的淒涼感。才發現原來工作佔據自己生命大部分時間，留給生活的太少。如何拾起人生下半場的力量，好好生活？只剩五到十年的好體力、好腦力、好美麗要盡情的善用，還是要在哀嘆抱怨中度過？對未來如果沒有「生活的想像」，肯定會活在「死亡」的焦慮中。

對於「生活」的想像，可以是分享及服務人群的，也可以是與土地關懷、愛惜晚輩的心念，當然，更可以是與過往的不和諧、不友善重新建立連結，清理心中沉積許久的汙泥。「我想有一座花園，種植自己喜愛的植物，有愛的流動在那個空間中，與土地建立深刻的感情，邀請愛的人來到這兒一起創造社區聚落，吃健康食物，吸乾淨空氣，運用自然中的療癒能力來恢復身體原來的能力。」這是我對「生活」的想像。

前一陣子，有朋友轉分享二〇一二年拍的大齡版之「破風」微電影，騎車環島的欲望由心升起。我承認我一點也不專業，但對於「生命力」的展現有著無比的熱情。記得，拍攝淡水八里公路時，我拼命地騎著，攝影車在我前方開路，爲了保護演員在後方也安排了一輛車，隔開危險的車潮。上坡路段特別費勁，所有車子都很守秩序地排隊，成為一條車龍，蜿蜒在公路上，鏡頭看出去，甚是壯觀呀，鏡頭前只見我喘吁吁的踩踏著，一臉拚老命的樣子，很眞實很爽快。早已脫離青春併發的年紀，在表演中又找回了有力量活著的勇氣。六年後的我看見那時的自己，相當佩服自己，覺得自己很勇敢，更爲那時的自己感到帥氣又美麗。

在美國西南部，「老女人」這個原型，也可以被理解爲「年老的女知者」。這是在《與狼同奔的女人》（心靈工坊出版）中提到。而今女人在時間的移動中，從貌美青春的女神地位下降到「老查某」的位置，女知者的身分也被日漸遺忘。如何恢復內在的自信呢？如此自問著。有一種可能，是無論幾歲，都可以對「生活」充滿想像。不是女神又何妨，因爲，那是別人對「她」的想像，重點是，自己的想像是什麼？還能想像嗎？還願意想像嗎？無論幾歲。

每天早上，陽光照射在陽台上，九重葛開了，紅白兩株。新種的迷你薔薇也在一夜的雨後，由含苞轉而綻放了。麻雀依然啾啾啾的吃著多汁的長春花，雞蛋花兩株也舒展手腳的向朝陽Say Hi，蓬萊蕉也抽新芽了，生態盒子的小魚兒也探出頭要早餐吃。整個陽台生氣盎然。我佇立窗台看著、享受著，彷彿生活在大自然。望著小魚兒一開一閉的嘴，似乎像在對我說著昨晚的夢境與星空，一聽就半小時過去了。

演員的日常眞的很如實，沒有浪漫的愛情，卻有著一屋子堆疊的劇本，沒有樣品屋般的北歐簡約風的住宅，卻有著一個個待整理的行李箱，準備啓程進入下段獨居角色生命的旅程。尙未清洗的碗盤及衣物，在單身、獨居的狀態下，一切都要自理，學著有順序及紀律的處理代辦事宜。演員這個工作，是與情緒、感受一起工作的人種，是需要獨處、需要距離、需要時間離開角色。而我，最佳離開角色的方式，就是美食一頓，獨處一陣，或混在家人朋友間保持安靜。

而今，半世紀的年歲多如我，常自問：我對「生活」還能想像嗎？或是仍對「死亡」感到焦慮呢？哪一種思想可以讓自己安心又踏實呢？我鼓勵自己，像二〇一二年的自己那般勇敢地對生活有著火辣辣的熱情且不畏懼。二〇一六年去不丹旅行，不怕；二〇一七年去爬雪士達山及黑尖山，不怕。勇敢想像對生命的可能並且實踐它，行動讓我充滿力量。

人能好好的思考關於生命、關於自己，根據統計只有九年的時間，大部分的時間都被「浪費」掉了。時間沒有回頭來過的，在可貴又稀少的時光中，肯定要用盡一生的愛來「好好生活」。想跑馬拉松就去參加馬拉松，想跳舞就跳舞，想唱歌就唱歌，想和解就和解吧。想學習什麼都不要再等待時間到了才去做，因爲，沒有時間啦！

釀香

有著清閒午後的母親節，母親們慶祝自己的日子，開心的聚在一起小賭怡情的打著麻將。爲了慶祝這個太平順遂的日子，我的母親特別準備了好菜、點心，款待其他母親們。遠處突然有著急促的呼喊聲叫著：「小明落水啦！」小明是來自金門的鄰居媽媽的獨子。鄰居媽媽及另一群媽媽們，放下手邊的牌，一個個往外衝去尋找。這位鄰居媽媽是金門美女，嫁給一樣身爲軍醫的伯伯。子女均美及帥。鄰居媽媽個性獨立（可能來自金門戰地吧），但再獨立，聽到獨子落水，也會慌了手腳啊！

我家也有一位獨子，母親在他人生最後一顆卵時懷上他，那年已經四十六歲。「老蚌生珠」在現代也不是新鮮的話題，就如同未婚懷孕的年輕人，因爲懷孕了才被動踢進婚姻般的正常。在超音波不發達的年代，男女性別無法提前辨識，我才因此保住了小命，更別提我老弟。

哥哥在我未出生前就過世，母親後來又懷孕，父親知道懷孕可以讓母親對喪子之痛淡一些，但當下並不確定這個孩子的性別。當再來一個不確定性別的孩子，母親得知時已有身孕五個多月了。母親當時爲這件事哭了，除了老嫗懷孕丟臉之外，如果又是女孩，該怎麼辦？

大溝渠是石門水庫發過電的水，特別冰涼，夏天泡在水裡肯定消暑，而它主要的作用是灌溉農田。村子的男孩要轉大人，都會在暑假進行跳大渠的成年儀式（這是我說的），無論水多冰涼多消暑，要通過加了蓋的漆黑渠道，這是勇氣的挑戰，男子漢的展現。溝渠邊站滿了像做錯事的男孩們，望著山坡上奔跑下來的一群母親們。像叫魂魄似的叫著小明，一聲又一聲。母親們各自有孩子在這群男孩中，衝過去罵著他們：「才五月天，水還很冰，爲什麼不聽話，一定要在今天來跳水。」而手卻將孩子緊緊摟在懷裡。

村裡的伯伯跑來說，已經打電話給石門管理處了，將大渠的水閥關上，讓大家好找人。鄰居媽媽聽到這兒，雙腳一軟，人癱倒了，再也站不住了。大溝渠是一個非常危險的灌溉溝渠，每年都聽說有人死在這。但想挑戰的年輕人仍然前仆後繼，不信邪得往裡跳，總相信自己是老天爺的最愛，有神護體。我的母親在那段時間陪伴在鄰居媽媽身邊，因爲母親也能同理喪子之痛。

母親爲人正直又療癒力強，村子裏的人對小我六歲的老弟誕生都是極其雀躍的，並且對他直接的個性包容三分。一次清閒的黃昏，母親在廚房準備晚餐，遠方傳來急促的呼喊聲：「王媽媽、王媽媽，阿寶（老弟小名）出車禍了，滿臉是血。」母親放下鍋鏟奔出，看見姐姐抱著滿臉鮮血，渾身是傷的老弟鎮定的說：「送醫院。」鄰居伯伯安排了軍車，立刻送到桃園。而我呆呆的看著一群人護著老弟遠去的背影，耳邊嗡嗡作響的話是姐姐的聲音：「完了，眼睛瞎了。」坐自用車，我通常不喜歡坐前座，那種速度感讓我不安。或許，來自我生命中兩位親人都發生過車禍吧，對「車」有一種「驚驚」地的感覺。

闖禍的肇事者是我國小同學的弟弟。肇事的車竟然是單車。原來擋泥板也可以削肉如泥，老弟的眼皮被掀開，縫成大雙眼皮，較嚴重的是小腿脛骨，皮開肉綻，縫了數十針，不良於行數個月。老弟平安的度過童年，進入青春期時，父母已經是足以做他爺奶的歲數，叛逆期的苦悶歲月連他自己都受不了，出入撞球場，找同儕取暖，因爲家中只有老爸爸老媽媽及無聊透頂的姐姐們。

我家老媽媽知道自己教不動就必須靠環境來幫助。青春正盛，離家正樂，但這是一條離家三百哩的路，不是想家就可以走到，更不是營隊，結束就可以返家。必須忍住思念，接受磨練，才能轉成正直、誠實的大人，所以，母親還是忍心的將獨子在十五歲時送離家裡去預校。

記得一次母親節，母親還在床上休息，一聲聲「王媽媽、王媽媽」從大門傳來。老弟坐夜車趕回來看母親，還帶了一個刺繡禮物（他真的很土，很單純），母親開心的收下，看著被南部太陽烤的黝黑的老弟，眼眶滿是淚，卻笑著說：「真好，真好，變壯了。」母子爭取時間話家常，也準備了豐盛的午餐，我倒是好嘴道，有口福的吃的不亦樂乎。收假時間飛快的來到，母子必須道別。母親並沒有選擇送老弟去車站，不知道是認爲他是大人了，要學會堅強，不能像奶娃娃離不開母親，還是要忍住自己快潰堤的淚？

老弟在二十六歲結婚、生子。母親那年七十二歲。二十六歲對現代人而言，似乎太早婚了些，因爲母親生病，老弟放下了許多可能，選擇進入婚姻，或許，也是愛母親的方式吧！母親過世時，葬禮很風光，老弟辦的很體面。那時，喪母的他還不到三十歲。

做劇場學戲劇的日子，總是在過年時特別凸顯了這份自我追尋與理想，戶頭沒有多餘的數字可以給父母紅包，也不覺得有不妥當。直到後來才發現，從事藝術工作的我，好聽是做自己，其實是自私的。

學戲劇，看電影是必修的功課，各種類型都要看。而我不敢看的電影不是鬼片，不是恐怖片，而是戰爭片。任何與戰爭有關的影片，我都很痛苦，不是我良善，不是我反戰，而是我老弟是軍人，正期軍校生。生命最青春時，過著被規範的日子，被磨被操被嚴格的要求。母親曾去預校探望老弟，後來就很少再去了。因爲，母親看到的是一個被蕁痲疹過敏搞的整個人是腫的（家族遺傳，我也有），也曾問老弟要不要退學重考，賠錢了事算了。所以，即便戰爭片中的情節是編的，情感是演出的，但對我而言，過敏是眞的，磨練是眞的、受傷、驚嚇、想家、夜半痛哭，全都是眞的。

父親最後在世的八年，有些失智的狀態，但見到老弟一定清醒，看到孫子一定要抱抱、親親。雖然老人身上有些味道，但仍在老弟的威嚴之下，叫孩子去給爺爺蹂躪一下。假日成了全家出遊，陪伴及建構父子情感的重要時刻。老弟在鳳山念書時，父親才要退休，陪伴彼此的時光，對老弟而言太少了。

父親曾說：「人怎麼就忽然老了？」我安慰他說：「我們不老，孩子怎麼長大？」而我也來到這番體悟的時刻了。父親老了，老弟大了。關係也在父親有些微失智時有了靠近的機會。綵衣娛親是過年小輩給長輩的賀歲片。老弟會要求他的兒子們，要準備一段舞蹈或表演，在大年三十日晚上上秀，娛樂我們這群姑姑還有爺爺，表演完肯定打賞。或許，老弟對父親愛無法像女兒，又是「我愛你」，又抱又親他老人家。他用他的方式對父親婉轉地表達出「我愛你」。

父親最後的時光是在安寧病房。到了最後告別的時刻，家人們都圍在旁邊，雖然是在「病房」，卻也是父親一輩子待最長的時間、最熟悉的地方。一個一個進到簾子內與父親說說話。老弟年紀最小，他則排在最後一位進去告別。老弟淚眼滂沱地步出簾子說著：「我出現好多爸爸陪伴我的時光，有去溪邊跳石頭，有抱他陪他玩耍等等畫面，都一一回來了。爸爸是有陪伴過我的。」

身爲獨子，尤其是老萊子，壓力應該很大吧。原本落在我身上繼承香火的工作，因爲老弟的出生，終結了我的使命。雖然注意力一下子全轉移了，剛開始很失落，但現在眞的很感恩。我一直從事不事生產的事兒，很自我、做自己，可能令許多人羨慕，但這份自由是我的家人，是老弟給的呀！

有一群家人做爲後盾，讓勇闖天涯的人兒無後顧之憂吧。時間可以讓人變老變無奈，像殺豬的刀一般。而時間也可以像釀酒，釀出一家人的情，釀出一屋子的歡樂。

時間釀家人，一屋子，香。

■老弟幼稚園（左）和小學的我（右）合照。

或許

「麻將」是賭博還是輔助智力不退化的神 game 呢？

讀藝術學院時，整天忙著學習排練角色、舞台、服裝、燈光、道具、劇本、設計圖、導演、上課等等。當時位在蘆洲空大電算中心四合院的戲劇系，從早到晚，教室都一直有人使用，即便到了夜晚，也是燈火通明，學校完全像日、夜間部都有招生一樣，連宵夜場都是滿場。以前長輩說過：考上大學，任你玩四年。戲劇系的學生，則是日與夜的五年學習。依然是玩，卻是學習用專業態度在玩，當時音樂、舞蹈、戲劇、美術四個系，在其他大學只是社團而已——熱舞社、話劇社、電音社、漫畫社之類的。玩的又專業又費勁，哪裡還需要休閒，哪裡還有時間有其他的娛樂呢。整個藝術學院就是「不務正業、不事生產」的感覺呀！一九八一年成立至今三十七年，藝術工作者也從舞女、戲子、畫畫的，被大家認識到是一項藝術工作。

即使在一九八〇年代的草創期，人人想把滿腔熱血灌注在這群「白老鼠」身上，我們也因此被那股難以言喻的熱心，點燃了內心那把火，就像波西傑克森偷的那把理想之火吧！可是，忙到天翻地覆的戲劇系，仍然有人可以成爲「麻將精」。

在戒嚴時期，眷村是不能打麻將的，因爲軍人、軍眷代表了國家的後院典範，「麻將」是賭博的行爲，是不被允許的，但軍人先生們在金門、馬祖戰地前線保鄉衛國，漫漫長夜，等待時覺得寂寞、覺得冷，只能用「麻將」來陪伴。本以為安全，夜深人靜只聞麻將聲伴我入眠，突地，一陣急促敲門聲響起：「我是中華民國憲兵，開門。」當時的眷村像半個軍營，所以是憲兵來捉賭，不是警察。

夜半安靜的村子只能聽到打呼聲、打小孩聲，就是不能聽到打牌聲。告密者是不分年代，一直都存在的。「說時遲，那時快，順手把桌上的錢放進口袋。」媽媽這麼說著。「我也是，將錢全部放進口袋，還抓著剛摸到的牌一起。」鄰居媽媽說著。鄰居媽媽是村子裡人稱「麻將精」，十賭九贏的厲害角色，這些記憶都是隔天早上媽媽們七嘴八舌的邊洗菜，聊天時像是沒事發生一樣述說著，而我昨晚則是蒙著被子經歷的了一場驚魂記。我只聽到憲兵進門喊著：「通通不許動，離開桌子。」聽見椅子退後摩擦石子地板的聲音，接著聽到麻將被軍毯包起來落在彼此身上嘩啦嘩啦的聲音，然後，憲兵又說話了：「村子不可以聚賭。再有下一次，全部送軍法。」此起彼落的：「知道了。」「不會再打了！」「謝謝長官。」「我們會檢討反省。」之類的話語一同送走憲兵們。

蒙著被子的我怎麼知道是「軍毯」包著呢？因爲平時收牌幾乎都是我在收，軍毯超級吸音防震，可以阻隔搓麻將時產生的撞擊聲。

媽媽會揪村子裡的其他媽媽或有空閒的叔叔奶奶來家裡打牌，有時兩桌，抽一點「頭子錢」當做場地及茶水等補給，後來才知道這種形式就是賭場。每次，放學回家有著矛盾的感受，快到家門口時聽到搓麻將聲，心裡又生氣又安心。氣的是要叫好多人名向他們問好，並祝大家發財，如果抽煙的人數多，家裡肯定煙霧瀰漫，偶爾還要幫忙倒茶水、倒煙灰缸。重點是，不准偷看四家的牌，也不可以摸椅背（會背），還要被差遣去買煙，又因爲每個長輩的煙牌喜好不同，一定要記清楚。這樣討厭的工作還是有好處，買煙剩下的零錢，通常就是給我的跑腿費，雖然不多，但可以積少成多，所以，我也忍住不臭臉的當跑腿。安心的部分是家中有人在，媽媽心情不會太壞，晚上肯定加菜，我還有可能得到贏家的吃紅，是好事兒。

成長就是矛盾的事吧

我永遠擺盪在喜歡與不喜歡，願意及不願的選擇之間，總在不開心不願意中看見快樂及可能。

鄰居媽媽這位「麻將精」可以將牌背下來，隔天說牌給其他媽媽聽，並且從每一次作牌中得到經驗，甚至可以記住腦海裡不要打出去的牌，及其他三家要什麼牌，滿口的麻將經，卻在老年以「老人失智」作爲終點站。眞正失智的原因並不清楚，她還在世的最後八年，曾經見過幾次面，提醒之下還能想起來我們是王醫官的女兒，然後問：「媽媽還好嗎？」她已經忘了曾經幫我母親助念過。「麻將精」媽媽的先生是憲兵退役，愛釣魚、不愛打麻將（憲兵是捉賭大隊），是不是因爲這樣，使她一定要成爲麻將高手，讓憲兵先生來捕捉她呢？矛盾的人生才有祕密，才有故事，當故事永遠沒有人願意聽，塞滿了人體的 CPU，就當機了，就失智了呢？

戲劇系的忙碌是如同遊戲場般認真投入的場域。在一九八〇年代抱著決心來念「藝術」的我們，腦袋在想什麼？只為了好玩嗎？當初資訊不流通，只能揣測或憑直覺、對家裡的叛逆，抑或是想清楚的選擇？無論哪一款，應該沒有人考進這所學校是為了成為「麻將精」的吧。

父母都打牌，並不表示小孩會打。我家只有老弟會打，而我不願意學打牌是有原因的。國小時期，有次過年除夕，家中吃完年夜飯，收拾餐桌換牌桌，茶水點心準備妥當，該出現的牌咖早早就用餐完畢，摩拳擦掌的準備大戰三百回合，賺些發出去的紅包錢。以上是大人的活動，身為小學生的我，原本看著過年特別節目，被唸國中的姐姐叫到戶外，小聲的問我：「要不要去鄰居媽媽家找她女兒打牌？」而這位「鄰居媽媽」此時正在我們家的牌桌上。我說：「我不會打。」姐姐說：「沒關係，我也不會，她女兒會教我們。」這時唸幼稚園的老弟突然出聲說：「我也要去。」姐姐說：「小孩子學什麼麻將，看電視去。」拉著我就往鄰居家快步走去，丟下又哭走又慢的老弟。老弟不放棄的一直跟到鄰居家門口，一邊敲門一邊哭著說：「開門，讓我進去，不然我就要去告訴媽媽，你們偷打麻將。」姐姐在屋內訓斥老弟：「你去告狀啊！我才不怕你勒。」沒一會兒，屋外安靜下來了。屋內的我們在加上鄰居的女兒，四人湊一桌，開始練習著，你一言我一語的說笑著：「推倒胡一點都不難。」「做牌是什麼意思？」「十三張老麻將與十六張新麻將有什麼不一樣？」喝著可樂，嗑著瓜子心想：麻將眞的好怡情養性，增進感情啊。手上沒停的聽著牌，同時聽到門口媽媽的敲門聲：「開門，給我開門。」我和姐姐面面相覷的看了對方一眼。「你們才幾歲就給我學打麻將，要不是你弟來說，我看你們這輩子就要成賭鬼啦！」媽媽邊拿竹子抽著我們邊說著，我與姐姐瞪著得意洋洋，告狀成功的老弟，想著絕不能哭，不能掉下一滴眼淚，因爲過年期間要忍住痛、咬著牙撐過去，不然會倒楣一整年的（好老派的迷信）。

長大後與老弟提及此事，都覺得荒謬至極，我與姐姐至今仍不會，只有當年告狀的老弟有繼承父母的麻將手藝。

在大學時期，有人揪麻將咖，肯定沒有我。而那些修煉麻將術的麻將咖們，大多早上無法出現在課堂，不是不選早上的課，就是缺課太多被當，而這些修煉咖後來很多都是大咖導演，得獎連連呢（記得姜文也是唸書期間很匪類的）。成長，果真是不可說的矛盾詭譎啊！

現在，過年期間大夥年夜圍爐後，眞的沒有餘興節目可以玩、可以看了。但漫漫時光總不能全家坐在客廳開著電視當收音機聽節目，各自玩著自己的手機吧，聊天話家常，嗑嗑瓜子喝茶之外，或許，我該把拒絕已久不肯學習的「麻將」給拾起來。父親在老年放下了麻將這件事，我勸說他，錢我出，你不要待在家中，不要怕輸錢。可是父親說：「不要，輸的是你辛苦賺的錢。」老弟最近也放下打牌這件事，他的同事、朋友揪他，他已經興致不高了。反而花更多時間在家陪太太、兒子。

人生是矛盾的，在終於願意放下的時期，我卻要拾起，這不是中年叛逆找麻煩嘛。或許，那是我可以圈起全家童年的記憶，也想重建父母尚在的過年氣氛，更是渴望家人彼此不相忘的儀式。

成長沒有那麼合理，因爲矛盾、荒謬，存在著各種變化及選擇，所以，放下的可以重新撿起，握在手中的也可以輕鬆放下。成長也沒那麼多抱怨，怨天怨地怪父母、怪政府、社會、鄰人等等。未來一直來，也會一直變，成長的經歷都在「或許」中默默的被自己允許了吧。

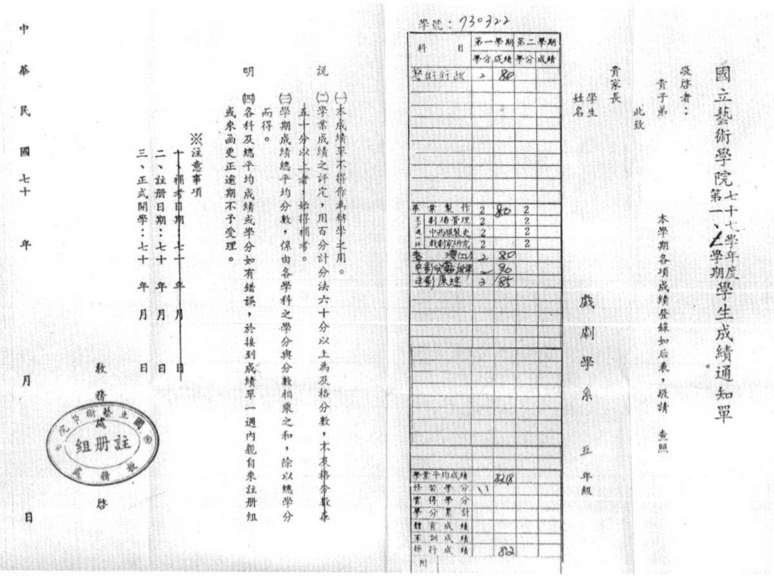

國立藝術學院第七十七學年度第一、二學期學生成績通知單

敬啓者：

貴子弟　　本學期各項成績登錄如后表，敬請　查照

此致

貴家長

學生姓名

戲劇學系　五　年級

學號：730322

科目	第一學期 學分	第一學期 成績	第二學期 學分	第二學期 成績
藝術行政	2	80		
畢業製作	2	80	2	
劇場管理	2		2	
中西服裝史	2		2	
戲劇家研究	2		2	
表演(四)	2	80		
電影欣賞與批評	2	90		
[illegible]	3	85		
學業平均成績		82.18		
修習學分	11			
實得學分				
學分累計				
體育成績				
軍訓成績				
操行成績		82		
附				

說明

(一)本成績單不得作為轉學之用。

(二)學業成績之評定，用百分計分法六十分以上為及格分數，不及格分數在五十分以上者，始得補考。

(三)學期成績總平均分數，係由各學科之學分與分數相乘之和，除以總學分而得。

(四)各科及總平均成績或學分如有錯誤，於接到成績單一週內親自來註冊組或來函更正逾期不予受理。

※注意事項

一、補考日期：七十　年　月　日

二、註冊日期：七十　年　月　日

三、正式開學：七十　年　月　日

教務處　啓

國立藝術學院教務處註冊組

中華民國七十　年　月　日

■ 1984 年國立藝術學院成績單（可是有拿獎學金的）。

眞是，令人討厭

我一直在演「母親」，雖然我不是母親。在我的表演工作中，最常接到的角色是「母親」，男一、女一媽媽的我，成了「媽媽專業戶」了。

在台灣偶像劇正火的二〇〇五年前後，《王子變青蛙》是我人生中的第一部偶像劇，看到劇本眞是大傻眼，怎麼這麼卡通呀！而同時，我正在拍攝我第一座得獎的作品《再見，忠貞二村》，完全的情緒暗黑時期，沒能放鬆，幾乎天天要跳入情緒起伏的大海中。放假時，我則跑去《王子變青蛙》，演葉天瑜的媽媽，一位很愛錢的雜貨店老闆娘，這成了我那段時間平衡情緒的救贖。

近二十年的劇場工作，參與電視的機會幾乎是零，倒是有幫《薔薇之戀》、《惡作劇之吻》開拍前，用表演課來凝聚演員們的向心力。得知《王子變青蛙》要開拍，導演非常不好意思的傳來簡訊問我可以參加「audition」嗎？而我想也沒想就答應了。面試那一天，拿著一頁角色人物設定：金枝媽媽，死要錢的錢來也老板娘，葉天瑜的媽媽（非親生母親）。「死要錢媽媽」怎麼演？一條十元口香糖，她就喊價一百元。演員探索魂上身，只要錢的心態，一定來自於對錢的沒安全感，自己過沒錢的辛苦日子，而金枝媽媽不能讓孩子也活在沒錢、被人瞧不起的陰影下，決定要狠狠的賺錢，讓孩子過上好日子。於是「出於愛孩子」的金枝媽媽，所作所爲都成立了。

在得到一些能被看見的角色之前，我在劇場已經工作了近二十年。

《再見，忠貞二村》之前，二〇〇三年《媽媽的合歡山》入圍金鐘單元女主角，槓龜；二〇〇四年《秋天的藍調》短片入圍金馬獎女主角（應該就是最大的肯定），還是槓龜；二〇〇五年金鐘最佳連續劇女主角時，這時才覺得完全準備好，可以做影像表演工作。

當同時播出《再見，忠貞二村》與《王子變青蛙》時，只有少數人聯想到那兩位媽媽是同一位演員演出的，也是拜觀衆對我不熟悉及我已經是不惑之年了，沒有人會在意媽媽幾歲、媽媽是誰、媽媽有吃飽穿暖嗎、媽媽有七情六慾嗎，因爲媽媽就如同綠葉一般，襯在生活的底層，多如繁星，一片綠只會看見紅花一朵。而我，喜歡「媽媽」，喜歡觀察「媽媽」，身爲女性，有一種很奇特的人生蛻變機會——從女兒變爲母親。少數沒有變爲母親的人，如我，就是藉由角色的生命歷程，去體驗「母親」是什麼？金枝媽媽與邵媽媽，唯一相同的就是「愛家，愛孩子」，其他都是情感的延伸，變形及投射。或許，也因爲這個「非親生」卻又「是親生」的關係，使得渴望孩子成爲我要的樣子的欲求消失了，反而，可以簡單、純然的表達「愛」的本質。而這也是我在戲劇故事中，角色教會我的事——「愛」就是愛。

面對角色的生命，演員是謙虛的。角色生命的長河，歷經了多少駭浪驚濤，在劇本中被書寫出來的只有一小部分，只是「他或她」的人生切片，而演員是依照這些片段、地圖，走回「角色」內在最幽微的洞穴，一窺隱藏的欲望。二〇一六年綠光劇團世界劇場演出《當妳轉身之後》（改編自美國劇作家瑪格麗特作品《Wit》），如何扮演一位癌末的中文系教授，成了我當時多大的難題！之前是艾瑪．湯普森演過，令人印象深刻。「死亡」的議題就成了「演員」必須去探究的，必須找到屬於自己對生命的看法，該相信靈魂永生？輪迴？人生活這一次？有沒有天堂？死後去哪裡？看哲學、宗教的書，不夠，再去頻死經驗、臨終關懷等等，也想到自己父親在安寧病房的那數週，自己陪伴他身旁所聽見的經驗。

一句台詞要說出口，眞的容易。一句台詞要好好地、深刻地、眞實地、有意識地說，眞的好討人厭！

沒當過媽的人，一直演媽，我眞的百般不願意。但曾經有位朋友訪問我：「你有想過演員挑角色，角色也會找演員嗎？」希望角色找上我，沒讓它失望，我心想著。我也眞是從角色中發現許多未曾經歷過的人生面向。二〇一四年綠光劇團《八月，在我家》九月演出，而電影《八月心風暴》二月在台灣上演，當時梅姨入圍了第十八次的奧斯卡女主角，而九月的台灣版《八月，在我家》該怎麼面對呢？看過電影知道劇情發展的觀眾，到底去劇場能看到什麼新鮮味兒呢？台灣這群優秀的演員們也是心照不宣的默默練功，劇本改編更接近台灣生活，吳Sir是第一重要的，一群等待演出才見分曉的演員們，又要如何駕馭成超越電影版的印象呢？這是多麼令人討厭的時刻呀！

當一位令人討厭的人，真的不容易。必須要關閉外在許多羨慕、忌妒、批評、正面鼓勵、腹黑的各式能量連結，才能純然、安靜地在那裡，不被打擾。而面對令人不安世界的態度，是將他人的意念摒除在外又能與之共存，這是個什麼樣的境界，真是太困難了吧。

每一段時間，都會整理這些工作上遇見的角色，從《再見，忠貞二村》的眷村母親，《王子變青蛙》的金枝媽媽為愛死要錢，《大將徐傍興》的母親，學習客語，讓表演更加豐富，《再見女兒》的上海媽媽的憤怒提問，《阿青，回家了》的受害家屬心境轉變，殺人償命到恨他是自己唯一生存下去的力量。一次又一次的看著自己在角色情緒大海裡起伏、溺落，唯一可以得到救生圈是——閱讀。

大量閱讀使得演員的我不會被角色的情緒淹斃。《八月，在我家》排練期間，演出一位嗑藥、癌症、抽菸、情緒不穩定，家人都非常疏遠的角色，身爲演員的我與角色生活了近半年。其中，還去看中醫調身體，當時醫生把脈發現身體有感冒的徵症，但我並沒有感冒只是感覺頭重重的，腿沈沈的，情緒很低不喜歡人靠近。我不抽菸、不太喝酒，早睡早起的健康達人，怎麼面對這樣一個不健康的角色呢？我重新探索健康的定義，看書找資料成爲重要的生活日常。生病的起因是來自有祕密不能說，有情緒不表達，愛他人多於愛自己的失衡狀態。原來不健康是在提醒自己，某種力量不要堵塞心中。這是多好的老師，多大的禮物呀！原來接受不健康才是完整的健康。

犯過的錯、後悔的事、年少輕狂的舉動，年輕以爲的過錯，以爲聰明的糊塗，都一一在時間中轉成養分，轉化那份自以爲聰明的糊塗成爲智慧，化成春泥護花去了。角色與我自己的人生，像是編織紗幕一般，時而實，又時而虛，如此交疊發展。自問糊塗過嗎？知道自己現在是誰嗎？那麼多角色的人生，那自己的人生呢？

一九九〇年，在民心劇場的《房間裡的衣櫃》演出後一陣子，有次坐在果汁吧台喝飲料，有人問我：「你還在角色裡呀！」原來我陰鬱的背影告訴著世界，我捨不得角色離開我。多重人生，多重宇宙的演員一生，要如何讓自己的生活是眞實的？我反思，角色的人生難道不是眞實的嗎？對我而言，都是眞實的，我與角色相遇的一段時光，彼此善待（或虐待），彼此學習，帶領彼此說出那不能言明的未盡之言，這言語或許是角色的，但如我沒有，我也無法好好表達。太喜歡藉角色探索人生，各種想得到及想不到的，越瘋狂越有趣。

因爲著迷於這款「胡思亂想」，所以無暇理會他人的眼光及批評，喜歡在每一次角色來臨時，裏裏外外，上上下下的翻滾好幾回。再討厭的角色都有令人同情的一面，之所以這麼令人不悅，肯定有角色認定的困境，難以逃離。人生的角色，也是如此吧！

國立藝術學院
NATIONAL INSTITUTE OF THE ARTS

甄選結果公告

同學：

此次學期製作暨畢業製作甄選，您獲選為------

畢業製作

學期製作 演員

畢業製作導演

系辦公室

172 CHUNG CHENG ROAD LU CHOW, TAIPEI COUNTY,
TAIWAN 247 REPUBLIC OF CHINA

■千挑萬選的「演員」徵選公告。

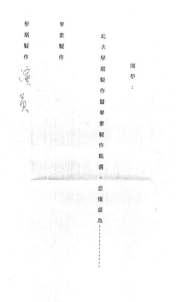

生日雜想之想爹娘

年紀是個數字？心情是一堆記憶的總和？

記得父親六十歲的時候，母親爲父親辦了一場六十大壽的生日派對，邀請鄰居長輩們吃飯喝酒。六十歲就辦大壽趴，好像太早了些？現代人隨意就走到了六十歲這個數字，而家中尚未抵達這個數字的孩子，只剩我與老弟了。可是沒有家人辦大壽活動，爲何？

最近，日本電影《楢山節考》又再度於台北電影節上映，故事簡單的說道，貧窮年代的人們，如何用自己僅存的能力去愛彼此。可以窮，但還是要愛。母親將自己的牙打斷，表示老了，要兒子揹上山丟棄（這在現代會犯遺棄罪），節省家中消耗，兒子答應母親等於孝順，在這樣的心態之下，完成母親的心願。

以前人的生命短暫，體力不佳，勞動量大，才會使得人一活到六十歲就要慶祝及昭告天下自己平安、健康的走到了這個時節，同時也是讓整個村子一起來注意「老人家」的安全，並且一起愛護他。

山東奶奶的好吃餃子

我最愛吃的餃子是村子尚未改建前住在隔壁的奶奶包的。每次隔壁奶奶包了餃子一定會分享到家裡，國小的我，坐在客廳看著隔壁奶奶在逆光中走進來，圓呼呼的身子，左右搖擺的端著一盤冒著熱氣的餃子，我立刻起身去接手那盤熱餃子，並大聲喊著：「謝謝奶奶，奶奶包的餃子最好吃了。」老太太摸了摸我的頭，然後又用摸了我的頭的手，摸回她長年梳著髻巴巴，快要沒有髮絲的頭。然後轉身，左右搖擺的在逆光中走出去，順便說一聲：「吃完了盤子再還就好。」山東老太太一個人在一九四九年來台灣，為什麼沒有先生、小孩，只是一個人，那時我太小了沒機會問，只知道老太太收養了一個兒子。

第一次看見裹小腳的真實的腳，是一次還盤子給山東老太太的時候，她坐在客廳將洗好的小腳用纏腳布綁回去，我傻傻的問：「奶奶，你那是什麼？」指著她腳上的裹布問道。「你要看嗎？」我點了點頭。山東老太太當時是披頭散髮，髮量不多，以灰白髮色為主。她慢慢地將布展開，很慢很慢地（裹腳布真的很長），我滿心滿眼的專心等待答案揭曉。

老太太是清末民初出生的，遇到女性要纏足的年代，身著布衣布褲布鞋，都是自己做的，山東老太太有著一口山東腔國語。我喜歡去她家玩，因爲與我們家不一樣，古董特別多，有種探險的感覺。

爸媽兩人一起建構了「家」，兩老就是我們王家子孫祖先的起始點。父母上面沒有長輩一起來到這，我們要如何學習與老人家相處？如何喜歡老人家？等父母老了，我們也大了，會不會錯過了認識老人家面貌的機會，而對老年只有恐懼的印象呢？山東老太太就成了我練習認識爺奶的對象。

布緩緩的揭開，我看不明白那一坨肉捲成一個近乎圓形的腳是怎麼辦到的，睜著眼研究了半天。山東老太太說：「會害怕嗎？」我搖了搖頭看著老太太，日光燈下的老太太有種淒楚，披肩的長髮已經在我研究腳的時候梳理整齊了。她又緩緩地將布慢慢地纏了回去。「會痛嗎？」我問。「你說的是哪裡痛？」她笑著露出稀疏牙縫，張著超大的嘴。「腳呀。」我說。「這裡比較痛。」她邊說邊指著心的位置。

其實當時我是覺得很噁心，而且有種臭鹹魚的味道，老太太不愛洗澡，我被媽媽指派要去還盤子，而老太太正好在洗腳，就拿她的纏腳布嚇我。但我還是很喜歡她，她是幽默有趣會做好吃餃子的山東老太太。

後來隔壁奶奶與她兒子就搬離村子了，就再也沒吃到那令我魂牽夢縈的餃子了。我媽企圖要包成山東老太太的滋味，餡兒都柴柴的不美味，誰叫老太太的餃子還會留湯汁呢。

那個時候很貧窮，玩具都是自製爲主，很會自己找樂子。村子裡的小雜貨店，總是家中年長者顧店，小學放學回家的路上，總要進去走一圈才肯回家，就會看到老先生從夢中醒來盯著我們剛放學的小鬼們，深怕我們會偷些東西放在書包，而我們也覺得逗逗老先生，像逗小狗小貓一樣有趣。

話說回來，我們家過生日的習慣，包括晚輩在內，會把大家找在一起聚會，一同表達對母親的感謝，然後互祝平安。有時，小孩還會給媽媽紅包。而今年生日，我則是一柱清香遙想母親的生養之恩。聚會時與姐夫聊到：「人怎麼就走著走著來到了這兒，似乎還停留在被老丈人訓斥的那當兒，青春正威、意氣風發。」而今年過六十，細數著身體老化的現象。姐姐聽得只幽幽地說：「你只是零到一的變化，就一直嚷嚷，你已經保養得非常好了。」無論保養得多好，對「老」都有著一種「給我滾遠一點」的氣勢。或許，不過生日就不被提醒又長一歲，不會在社會中一片長照、高齡、老化的聲浪中給淹沒吧。

山東老太太收養一位養子，也是爲了老年有人可以送終。這是多老派的思維呀，但是，我父親在世時，曾對我老弟提及，過一個兒子在我的名下，以免我最後無人捧斗，我立刻拒絕了父親的建議，老弟對我說：「姐姐，我家永遠有你一個房間。」未來一直來，持續變化中，不變得是那份相愛相守，家人間的支持，這也是老派的好處。

大學時期，有一次放假回家，我對母親說：「我昨晚夢到山東老太太，她走下一個旋轉樓梯，一直往下走，我看見她叫了一聲，她回頭看我，揮揮手要我不要跟著她，我就停住了，她就消失了。」母親對我說：「她前天走了。」原來，山東老太太是到夢中與我道別，雖然沒有血緣，在她心中我也算是她的小孫女吧。

我喜歡老人家、喜歡聽大人說故事，雖然，常常聽著聽著就忘了，但總覺得「老人」是很神奇的。說話言簡意賅，只是看著，不再廢言的干擾年輕人體驗生命的熱情，當然，也有碎念的老人。而我也走入這個範圍了，該怎麼面對外在——高齡、恐老、長照遍地開花且資訊爆炸的環境；內在——視茫、髮蒼、牙齒動搖及退化的器官。能準備嗎？不過生日就能騙過頭腦，以為還是不老之身嗎？這是一種欺敵心態嗎？有種說法是，我們相信自己幾歲，就可以是幾歲，包括身上的回春現象，大腦相信身體的每個細胞都會創新回到從前。但是，我問自己，然後呢？

兒孫長大，他們也用大腦創造回春，然後一直輪迴，沒有老人、沒有高齡化的社會，這樣也是件好事嗎？

貧窮如《楢山節考》那部電影的社會，人們為生存而努力，推動新生命活下去的是「愛」。一九六七年的社會，經濟發達，股票上萬點，推動著生命的動力是改善生活品質。而現在推動生命的動力是什麼？長壽與健康在醫療發展良好的系統下，我們似乎對於未來有著普遍的不安感。像四季原來面貌，突然只剩某一季，而某一季則沒有盡頭似的，一直來、一直來，停不下來，這該如何是好？

當然，真實部分就是學著接受且好好相處是為上策。跑步、散步、瑜伽、健身、改善飲食、覺察自我、意識轉化等，無論哪一種，也都是希望自己的下一階段不要太麻煩別人吧。走在清晨路上特別明顯，活動者以長輩居多，我也在其中。如果年紀只是個數字，或許是我在某個年紀裡最有學習力，最接納自己，願意接受我那時候身、心、靈的美好狀態，持續保有那份心意，使得生命在現階段不被賀爾蒙內分泌下降而導致能量不足，還能持續保持心的敞開與流動。實際上，因爲年齡與人差距大而被「排擠」是有的，但心寬才不會因此失去朋友。大家都會有年紀增長的一天，就如父親在世時曾經對我說過：「有一天你也會老。」

想著均貧的年代，心是滿的，愛是流動的，人是溫柔的，社會有著共好的心願，老人是被接受的，沒有政策卻有人情，不用法律，處處人性。四季運行是自然法則，就順應現在的歲月吧！數字也好，心情也罷，記憶堆積又消散，只願「晚上心安理得入眠，早晨平安靜心起床。」

家庭肥皂劇

二〇一八年八月二十九日，金鐘獎五十三屆入圍名單下午公布了，手機開始出現祝賀，恭喜再度入圍的祝福，談事情的我，開始有些不專心了，回應著祝福的朋友及給出祝福。

想起父親曾在一九九一年寄了一封信給我，那時剛拍完《牯嶺街少年殺人事件》，電影很有名，而工作人員的日子很難過。就像看過豪華天堂怎麼回到現實人間，父親非常客氣的寫著：「希望你可以將父母當朋友，有任何事情都可以溝通，不要什麼事都在心中。而你母親希望你回來，找個正常的工作，然後結婚生子……」

最近，老家要裝潢，整理一屋子的物件眞的很費神。照往，信件一一被重新檢視，發現許多遺忘的時光。整理這一張張老照片，像是母親參加鄰居婚禮的酒宴，父親在退休前的醫院與同事合照，老弟預校與他同梯的郊遊照，老姐被追求者邀請去露營烤肉照，張張都是青春的臉龐，一副天不怕地不怕的揚起下巴。

其實，老姐才是家中最早接觸電影的人，《婉君表妹》那時候她去試過童星，老姐反應快，口才佳，腿又長，臉蛋美又有一頭烏黑過腰會發出閃亮光澤的秀髮。當時有好幾位帥哥同時在追求她，她陷入選擇的難題。過年期間，這幾位男孩子非常禮貌地到我們家拜年，順便給我爸媽看一下，還賄賂我與老弟這兩個小鬼頭，老弟與衆男孩玩著撲克牌，衆男友們已經讓牌了，老弟還是輸，心中難受地哇哇大哭，當時弄的衆男孩們尷尬至極，想當然，他們都沒有成為我的姐夫。

老姐天生嬌氣，但心地善良，雖然眾多男子追求，她也取一瓢飲，刀子嘴豆腐心就是她最好的寫照。雖然我是妹妹，幫她寫過高中週記，幫她關上熱水器大爆水的瓦斯，而她依然像被嬌寵、任性的美麗女子，過著公主般的生活。

村子改建後，來來去去很多新的住戶，老人家與外傭。村子最怕聽見救護車的聲音，表示有事兒。中元節前回家處理福包事宜，村子又再度響起了 **ㄡㄧ ㄡㄧ** 的救護車鳴笛聲，聽得人心慌意亂的，這時老姐說了一句：「這聲音真的好可怕。」或許是想起父親那次突然休克昏迷在家中，也可能是想起他兒子撞到玻璃大出血的那次，諸多回憶湧上心頭了吧。

肥皂劇沒有少過

家庭中每個人都負責不同角色，每個角色都有不同的性格及命運。這些認知是我從戲劇系編劇課中得到的體悟。在家庭中一定有一個最脆弱且被視為麻煩製造者或頭痛人物，是全家關注的焦點或是逃避的話題。而這種角色在家中通常都是善良又脆弱，長著長著就變形成了怪獸，讓家人擔心受怕，或是百思不解這麼八點檔肥皂劇的事情怎麼又發生了呢？語言暴力、肢體衝突、父子相砍、持刀威脅、逐出家門、徒手擊碎玻璃、飆車受傷、住院開刀、鋼釘伺候、離婚、外遇、逃避兵役、裝神經病、喝酒、抽菸等，別人家發生的劇本，似乎像傳染病似的也曾發生在我家過。

有一次在姐妹「聊癒場」的對談中，姐姐說最近在村子被一位鄰居老嫗誤會，心中憤憤不平，一生清白就被老嫗污衊心有不甘，我當下站起來說：「是哪一家老嫗說三道四的，找她說明去。」如此衝動的行徑並非我輩中人的表達方式，通常都是溫、良、恭、儉、讓他人三分，但此次絕不忍讓。我衝去和老嫗說道：「請勿用自己不安恐懼的心，對他人言語攻擊而讓自己安心，老夫老妻的問題要勇敢面對，不要推諉他人。」理直氣壯的處理完後，氣撲撲的轉身向老姐說了聲：「對不起。」老姐一臉茫然地望著我。我則道：「當時，老姐第一時間遇到家庭暴力時，我們沒有表達立場，是身為姐妹的軟弱，無法面對暴力衝突，於是讓老姐的心很受傷（除了外傷之外），所以，這次事件不能再次容忍不公平對待，必須表達全家一條心的立場。」

讀戲劇系在一九八〇年代是很不正常的選擇，著實讓父母家人搞不清楚也傷透腦筋。但我不是家中戲最足的那位，因為我不喜歡成為被關注的焦點，但卻走上了表演的路，眞是矛盾。而最早與表演有接觸的老姐，她的戲碼是家中屬一屬二最足，與姐姐差不多，讓父母掛心的程度，足以得奧斯卡女主角了。

姐姐很會唱歌，聲音有如鄧麗君般輕柔甜美，她與老姐的人像極了生命共同體，互相支持與陪伴，有事 call call，沒事晃一晃的經常孟不離焦的同進同出。他們各自有家庭及小孩，發生家庭大小事也都彼此陪伴聊癒出主意。像是雙生姐妹花，陪伴彼此度過許多疼痛失眠的夜晚。

父親過世時，必須處理戶籍登記死亡之事，便開始了一段家族祕密大揭露之旅。老弟到了宜蘭戶政事務所，找到了父親來台落戶籍的地方：宜蘭。找到原始戶籍時，老弟在戶口資料名簿上發現一個陌生人的名字——王美惠。「王美惠」是誰？是父親在外的私生女嗎？爲什麼父親在世時完全沒提過？父親對母親是不忠誠的？當時老弟抱著滿腦子問號離開了。家族聚會時老弟鼓起勇氣問：「王美惠」是誰？爲什麼會出現在戶口名簿上？她是不是爸爸在外面的小孩？現在她在哪裡？年紀應該很大了吧？此時大姐笑出聲，原來，「王美惠」才是家中大姐。那時父母剛來台灣，想要小孩，便領養了一個小女嬰，是個歪頭寶寶，但媽媽很愛她，可是後來拉肚子太厲害，就走了，之後才生了大姐。這時姐姐突然大聲的出聲：「我就知道我的星座跟大姐不一樣，我是巨蟹座，不是雙子座。」這個眞相大了個白，也讓困惑不已的巨蟹座姐姐，僞裝雙子座活了幾十年，老戶籍謄本還眞的很神祕啊！縱使不同星座，也不會影響她們之間這幾十年來的眞實感情，所以情是眞的，星座性格是假的，主導權還是在人物自己手中呀！現在，這兩位可愛的姐妹花，家中肥皀劇已經變成good TV和旅遊頻道了，不再強烈震撼人心了。她們也經常去榮民之家，唱歌跳舞給老人家看，綵衣娛親。

想想，誰有勇氣拿起最猛烈剛強的劇本？誰人能擔綱演出撕心裂肺的角色？誰敢選擇最複雜衝突最大、困難重重，整個人生都一直在困境中打怪的人物呢？

我只敢在表演中挑戰這些衝動、演器捐的人、演腦死兒子的媽媽、演兒女都是同性戀的母親、演三個子女被殺內心掙扎廢不廢死的母親、演兒子摔飛機的母親、演弟弟得愛滋的姐姐、演吸毒、罹癌、先生外遇的太太，癌末的教授等等，但那只是我的平行宇宙人生，在那個世界裡，我可以飛天遁地的演生演死的表現，深入其角色的內心精髓，卻因我明白，那是戲，假的。但戲假情卻是眞實的如假包換。下戲之後，明早醒來，我又回到「王琄」的眞實宇宙，平淡、簡單、自律愛惜自己的世界，不要驚濤駭浪的生活劇情來刺激自己的存在價值，召喚世界目光：看這裡，看這裡。世界上最強大的戲碼，最好都不要找上我，因爲我心臟負荷不了呀！

家裡戲感最足的沒走上演員的路，反而是我這個妹妹——有點孤僻、愛胡思亂想，旁觀他人生活的傢伙，持續走在表演藝術的路上。有時不知道老天爺是什麼用意，是不是發錯了車。知道不知道，唯有天知道。戲劇與人生，虛虛實實，那條界線也不是那麼明確、清晰了，多的是互相滋潤與學習吧。將人生中的探問及思考，企圖放進戲劇及角色內在，豐潤它，而角色似乎也有自己的生命力量，讓我有新的體會及對他人生活處境有了同理，開拓了有限的生命視野。無論入圍幾次，得獎幾座，對我而言，永遠都是驚喜的。更像是登山，一山登過又一山，心態永遠是敬意與謙卑。結果不是出發的目的，過程才是。

老姐現在像一尊菩薩在身障中心上班，將她滿滿的愛給了更多需要的孩子們。有次她脫口而出，以前真的太年輕，不懂得珍惜，公主病上身，心直口快的言語如箭就傷了對方，最後，是傷了自己也傷了全家，她像是自言自語的自省著，我看著她，真心覺得，她才是最佳女主角呀！

老派，你好嗎？

需要過三代才懂吃和穿，家庭教育也是吧。

姐姐做奶奶了，整日笑盈盈的她，臉上紋路反而變深且上揚了。姐姐從不勉強孩子，無論讀書、戀愛或結婚，都隨著孩子他們自己的心意，絕不插手。這份轉頭忍耐的工夫，是來自母親的傳承。母親還在世時，給的家庭教育是大方向明確，小細節睜一隻眼，閉一隻眼。她從來不管功課、名次，也不比較成就，反而是禮貌、尊重他人，做人良善等品格，成了她主要的要求，當時升學壓力就集中在聯考上榜的那段時間。與現在不同，壓力是分散了，但也拉長了。

母親會參加許多村子舉辦的活動，這在八〇年代是件時髦的事。她不是整日守在家中等孩子回家孝順的那一種人。她曾說過，我們要回家一定要提早告知，因爲她不是尊「菩薩」，整天等著人來拜。而我的姐姐們，在這部分也像我們的母親一樣，對孩子的依附性極低，孩子要回家必須提早預約，不然就會找不到這群母親，她們各自都有自己的計畫與活動。

有段時間姐姐的小孩子們喜歡在寒、暑往外婆家跑，正好村子有院子、有空地、有操場、有河溝、有稻田可以提供他們玩耍，爲他們建構美好童年映象畫面。放暑假時，我就成了這一屋子小孩裡的孩子王，也是替代保姆，好讓其他大人也可暫時放一下「他們的暑假」。我最喜歡帶的遊戲是「在午睡時光來個故事接龍」，對於當時是戲劇系學生的我而言，眞是輕鬆的易如反掌。首先，全部集合（其實才三名小兵），確定刷過牙、洗了手腳，換上乾淨的戲服（睡衣）才能上我的床。一一檢查完畢後，安排睡覺的位置，當然，也要尊重他們的意願，因爲我只有左右邊，一邊一個，三個小孩就有一個不能靠在身邊。因爲怕有人有意見，以示公平，下次遊戲就要換位置，他們都欣然答應了。故事起頭一定是：「很久很久以前，在一個遙遠的地方，住著一群小精靈，他們有著神奇的魔法，可以將，好，換人（點名）」正在他們聽得入神的時候，立刻換人動動想像力，然後說著說著再換下一位，再換下一位，直到我快睡著說：「午休時間到，先睡一下，醒來再繼續接龍。」接著迎來的是一屋安靜，一床的睡美人，我就是這種小阿姨，超省力帶小孩法。

我發現，年輕孩子眞的很勇敢，在大家都對未知的未來卻步的時候，有人就連生了兩個小孩。她的信念是：以前婆婆、公公的那個年代，比現在困難多了，他們都沒在怕，自己爲什麼要害怕。你看，這眞的有傳承到王家的勇氣呀！看著小夫妻倆工作才正要起步，孩子又接著來報到，經濟壓力隨著孩子成長、求學，逐漸明顯。外甥女想著，讓小孩學音樂可以變化氣質，陶冶心性，這是在我們的成長過程中錯過的事，因此不想讓她的小孩也再次錯過，但學音樂又有經濟上的壓力，便只能「想想」。而「想想」這個念頭，就在一次家庭「聊癒場」中，成了許願成功的願望。

外甥當爸爸後，我的姐姐爲了小孩子可是用盡心思，平時自己捨不得吃的水果，出手闊綽的買下。這份特別禮物只有小孩子獨有，外甥問他娘：「我也要吃。」他娘回他：「沒有你的份。」外甥笑了，原來自己地位已被小孩子取代了。「我爸媽現在笑盈盈的面對世界，尤其是見到小朋友的時候，眼睛瞇的都看不見眼珠了。」外甥說。姐姐則在一旁回：「育兒書上說，小朋友正在觀察大人，對他笑，他以後對人笑，所以要笑臉迎接小寶貝。」我問姐姐：「再次帶小朋友，有什麼不一樣嗎？」姐姐想了想：「以前要工作，要持家，太年輕了，沒有耐心，看不見小孩子的成長及變化。現在，可以慢慢的看著他、陪伴他，細細的看進他的內在。孩子眞的不是一張白紙，都有其獨特的格性，千萬不要擰著他的格性，會扭曲他。」在此之前，姐姐與姐夫爲了迎接小孩子的到來，還特別去上保姆課取得執照，雖然外甥不一定要把小孩給誰帶，但姐姐永遠都先準備好，我想，這也是傳承自我們的母親呀！

就像母親只上過私塾，卻能在戶頭裡爲父親留下幾百萬養老金。母親在世的最後那一年，特別去幫忙喪家，陪伴他們，而臨到自己辦後事時，奇妙的事情發生了，葬儀社的老闆問我們有沒有在開死亡證明之前，處理好存摺戶名轉成父親的名字，也因爲母親經常常問他一些有關葬禮的細節，幫助喪家處理，老闆念及母親的善良，將費用去零頭取其整數，而這整數正好是母親其中一本存摺的數目，不多也不少的數字。我的母親永遠都會先準備好，連最後這一哩路都是她自己完成的。

在生於台灣經濟條件不足卻創造力滿點的手作年代，凡事以自己創作爲基礎。沒有現成的包子饅頭、水餃、麵條，那就自己做吧！在尚未流行下午茶點心時間，母親就會在夏天做酸梅汁、綠豆湯及凍凍果冰棒，也會來碗薑汁豆花。冬天則是紅豆湯、豆沙包，每個季節都有屬於那個季節的好料。粽子自己包，特別是有小孩要聯考，一定包粽，過年臘肉、香腸都自己做，年糕、巧果，一應俱全不假他人。

姐姐也傳承了母親的手藝，開始學做麵包，上網看不同版本的老師教的方法，研發屬於她自己的獨特味道。臘肉是她近期的新產品，美味到過年前我已經向她預訂了三條。我特別喜歡姐姐，母親不在之後，她是我唯一享受當女兒滋味的來源。想吃炒米粉、紅燒肉時，雖然她嘴上說不弄、不弄，但走著走著就進了市場，挑了黑豬五花帶皮的回家。

我的幸福感，全都來自於這份老派的傳承呀！

新人間叢書 276

如愛一般的存在

作　　者　王　琄
主　　編　湯宗勳
特約編輯　陸　禹
美術設計　陳恩安
執行企劃　王聖惠

發 行 人　趙政岷
出 版 者　時報文化出版企業股份有限公司
10803 台北市和平西路三段240號7樓
發行專線｜02-2306-6842
讀者服務專線｜0800-231-705｜02-2304-7103
讀者服務傳真｜02-2304-6858
郵撥｜19344724時報文化出版公司
信箱｜台北郵政79~99信箱
時報悅讀網　www.readingtimes.com.tw
電子郵箱　new@readingtimes.com.tw
法律顧問　理律法律事務所｜陳長文律師、李念祖律師
印　　刷　盈昌印刷有限公司
初版一刷　2019年1月11日
定　　價　新台幣360元

ISBN 978-957-13-7627-1
Printed in Taiwan

時報文化出版公司成立於一九七五年，並於一九九九年股票上櫃公開發行，於二〇〇八年脫離中時集團非屬旺中，以「尊重智慧與創意的文化事業」為信念。

如愛一般的存在｜王琄 著. -- 初版. -- 臺北市：時報文化，2019.1｜240面；14.8×21公分.. --（新人間叢書；276）｜ISBN 978-957-13-7627-1（平裝）｜855｜107020438